君と出逢うため落ちてきた

SKYTRICK

Ruby collection

Contents

登場人物紹介

アダマス
軍神の力を宿し、皇帝軍を率いる美貌の将軍。英雄と崇められている。偽装妻だった安達にいつしか本気に。
安達
空き巣に入った家で異世界召喚に巻き込まれた転移者。盗みが得意。大胆不敵で自由な人たらし。

スティリー

アダマスの側近。アダマスを崇拝し、秩序を重んじる。生真面目だが有能な臣下。

マカリオス

ユークリット皇国の皇帝。最強の魔力の持ち主。何にも捉われない安達を気に入っている。

クロエ

唯子の身の回りの世話をする。魔術の使い手で側近見習い。年が近い唯子と友情を育む。

二階堂唯子

膨大な魔力を持つせいで異世界召喚された女子高生。自分を助けた安達に懐いている。

君と出逢うため落ちてきた

傍《そば》には血を流した男が倒れている。

絶命していた。知っている。安達《あだち》が殺したからだ。安達は片手に刀を握っていた。少女が目の前で震えている。ヒトを殺した安達に恐れているのではない。少女は、安達に剣を向ける男に震えていた。

『彼』は鋒《きつさき》を安達へ向け、恐ろしいまでに美しい顔で見下ろしている。『彼』の背後には燃えるような夕陽《ゆうひ》が空を襲い、『彼』のしもべとなって控えている。

その殺意で全身の肌が粟立《あわだ》った。言葉は分からない。しかしその視線で分かる。

——何者だ。

そんなもの俺が聞きたい。

ここは一体どこなんだ。彼は一体何の神様か。彼に宿るのは間違いなく勝利——彼こそが軍神なのだと、安達はまだ知らない。

安達は唾《つば》を飲み込んだ。

どうしてこうなったのか。

稼業である空き巣のため気紛《きまぐ》れで立ち入った家、そこで中にいた少女と共に家ごと異世界に飛ばされてしまったのだと、言えば信じてくれるのか？

【第一章】

「誰ですか貴方《あなた》」

震える声と震える身体《からだ》。目に涙を滲《にじ》ませて彼女は言った。

まだ子供だ。中学生か高校生、その辺りだろう。安達は「落ち着け」と両手を挙げた。

少女は長い黒髪を揺らし、激しく混乱している。無理もない。自分の家に見知らぬ男が入り込んできたかと思えば、今は見知らぬ土地にいる。

「どこですか、ここ」

「さぁ……どこだろうな」

安達はジャケットのポケットに両手を突っ込んだ。ぼうっと突っ立って開かれた障子の奥、ガラス戸の外を眺める。

「誰ですか貴方。どこなの此処《ここ》は！」

「落ち着いてくれ。俺も何が起きてるか分からない」

立っていても揺らぎは感じない。揺れはおさまったようだ。

今日のターゲットは古き良き日本家屋……に住む豪商が敷地内に作った離れだ。前々から気になっていた。きっと価値あるものが置かれているに違いない。その上離れはとても雰囲気が良かった。物を盗《と》らずに過ごすだけでも心地よいだろう。

さて忍び込むためにしっかり事前調査をした。それだけに二週間を費やし、屋敷に人のいない時間帯と忍び込めそうな入り口を探った。準備万端だ、と意気揚々やってきて、侵入したはいいがまさか中に子供がいるなんて。

しくったな。少女はまだ安達に気付いていない。退散しよう。

と思った矢先だった。

突然地が震え出したのだ。地震だ。それからはあっという間だった。家ごと崩れ落ちるような感覚に襲われて、

「この場所、変じゃないですか？」

気付けばこの世界にいる。

「だっておかしい。あの木の……リンゴ？　サイズ変ですよね。どうして一メートルくらいあるんですか！」

「元々俺たちがいた場所とは違うみたいだ」

「あぁ……夢？　悪夢？　誰？　貴方誰なの！」

面倒だ。彼女は動揺しすぎている。一メートルのリンゴに比べたら驚きに欠けるだろうと、安達は素直に「空き巣だ」と答える。

そう、空き巣。安達は常日頃他人の家に出入りして、ゆったり過ごしたり、物を盗んだりしている。さほど珍しいことでもない。一メートルのリンゴよりはありふれている。

「空き巣!?　泥棒ですか!?」

少女はますます驚愕《きょうがく》を露《あら》わにした。安達は両手で、落ち着け、とジェスチャーをして、

「そう泥棒。まぁまぁ、俺のことはいいから、この状況を整理していこう」

「どうしてウチに!?」

「それはいいだろ」

「泥棒……どうやって……なんで」

「君のその時計を見れば明白じゃないか」

高級時計だ。子供には勿体《もったい》無い、良い時計だった。

少女は警戒心で顔を歪《ゆが》める。

「お金持ちを、狙ってるんですね」

「話が早くて助かる」

「泥棒なんてそんな。どうしてそんなこと」

「子供には分からない。君も少し大人になれば分かる。意味もなく盗みたくなる日がくるさ」

「分かりませんよ!」

「だな。俺たちが置かれた状況も分かってないガキみたいだし」

「……子供じゃありません。十六です」

「そうか」

ようやっと多少平静を取り戻した彼女はガラス戸の外に目を向け、「ここ、どこでしょうか」と身を縮こませた。

「異空間だな……」

不気味な森だった。明るいのか暗いのか判別できない。森全体がこちらをじっと凝視しているようでもあるし、一切の関心を払っていないようにも感じる。

「外に出ない方がいい」

「怖い……」

少女は遂《つい》に泣き出してしまった。安達とてこの状況を全く受け入れていない。異世界？　まさか。けれど此処は明らかに異質だ。この世の場所ではない。ならばあの世？　しかし道理がない。

安達は息を吐き、「まぁそう重く捉《とら》えるな」と言った。

「何言ってるの、怖い」

「君、持ち物は？」

この家に食糧はあるのだろうか。生活感のない別荘のようなので、既に絶望的ではある。

「携帯が……だめ、電源つきません」

少女は画面が真っ暗の携帯を取り出した。二つ折りだ。

「ガラケーなのか」

「ガラケー？　って、何ですか？」

涙に濡《ぬ》れた瞳《ひとみ》で不思議そうに首を傾《かし》げている。分かってはいたが、世間知らずの箱入りお嬢様だった。腕時計や髪留めも上等なもので、ドレスのように品のよい制服を着ている。

「貴方は何か……えっと」

「安達だ」

「安達さん。私は二階堂唯子《にかいどうゆいこ》です」

「そう。どうも二階堂さん」

「安達さんは？　何か助けを呼べるもの」

「あいにく手ぶらなもんでな。帰りに増える予定だった」

唯子は見るからに絶望していた。安達は薄笑いを浮かべて、

「そう暗い顔をするな」と元気付ける。

「ファンタジーの世界に入り込んだと思えばいいだろ」

「怖い……」

「ほら、流行《はや》りの異世界転生だ」

「異世界……て、転生……？」

今にも倒れそうなほど顔を青くした唯子は、「転生……」と泣き出しそうな声で繰り返した。

「やっぱり、私たち死んでしまったんですね」

「ん？」

「地震が起きたじゃないですか。あぁ、それで……あぁ……」

「悪かったよ。そうじゃない。ほんの軽口だ。大丈夫、地震くらいで人は死なない」

「死んじゃったんだ、うっ、うぅっ」

「……二階堂さん」

安達は仕方なく右手を上げた。唯子が顔を上げ、震える瞳で安達を見る。自身の親指の付け根辺り

に唇を寄せ、安達はそのまま肌を噛《か》んだ。

「ぎゃっ」

「生きてる」

小さな傷口からたらりと血が溢《あふ》れ出る。鮮明な赤を見せると、唯子はごくりと息を呑《の》んだ。

今にも我を失いそうな人間には想定外の事象を見せつけてビビらせるに限る。安達は呟《つぶや》いた。

「まだ、な」

「……すみません。少し落ち着きます」

「無理もない」

安達は壁に寄りかかった。にしても不思議な空間だ。明るさは感じるが、よく見ると電気がついていない。それなのに部屋全体が明るいのだ。意味が分からないな。

「私たち死んじゃったのかな……転生……」

「何だ君、最近のアニメや漫画を見ないのか」

「え？　ごめんなさい。私、流行りに疎くて」

「あるだろ。不思議な国や魔法の世界に飛ばされたり、勇者や姫君として生まれ変わったり。そこでは俺たちみたいなのも魔法を使えるんだ」

忍び込んだ家でよく漫画を読んだ。良い休日だった。

「なにそれ。楽しそうですね」

「余裕が出てきたな」

唯子は無理に微笑《ほほえ》んだ。まだ顔は強張《こわば》っている。

「でも、そうですね。オズの魔法使いみたい。家ごと魔法の世界に飛ばされて……トルネードじゃなく地震だったけど」

「飛ぶというより、落ちたな」

「ならここは地獄でしょうか」

「さぁ……」

「……安達さん」

自分ならまだしも、世間知らずの子供をハデスは地獄に落とさないだろう。などと考えていると、唯子は「あれ、見てください」とわなわなとガラス戸の外を指差した。

「ん?」

「アレ、何でしょうか」

唯子は幾度も瞬《まばた》きした。「あれ?」と唯子の視線に合わせるが何も見えない。彼女はか細く言った。

「ほら、ツノの生えてる巨大な……猫?」

「猫?　いるか?」

「どうして見えないんですか……っ」

唯子はワッと両手で顔を覆い泣き出した。

「もう嫌!　私、昔から見えるんです。この世ならざるもの……バケモノとか、良い子もいたけど、でも取《と》り憑《つ》かれることもあって」

「二階堂さん」

「この前もそうだった！　だから、私っ」

「隠されてたのか」

道理で唯子に気付かなかったわけだ。彼女は二週間もこの離れに隠されていたらしい。見落とすのも仕方ない、と納得する安達の一方で、唯子は泣き喚《わめ》いた。

「もう嫌だっ、怖い！」

「君、何を持ってる」

「刀です！　そこの床の間にっ」

「へぇー……危ないから貸せ」

「助けて、お母さん……」

冷静さを失った唯子から刀を奪う。良い値がつきそうな品物だ、とまじまじ眺める。歴史あるものだと良いのだけど。期待で胸を躍らせる安達の足元で、唯子はしくしく泣いた。

「……静かに」

先にそれに気付いたのは安達だった。

「え？」

「誰か来る」

自然でない人工の音がした。遅れて襖《ふすま》の開く音も。

安達は咄嗟《とっさ》に唯子を押入に押しやる。西洋風の兵隊服を着た男が姿を現したのも同時だ。男が鋭い目つきでこちらを見遣《みや》る。豪勢なマントを羽織っていた。日本の衣服ではない。本当に、異世界の人間なのか？

「嫌っ死にたくないっ！　やだやだやだやだっ」

「ちょっと、黙れ……」

唯子が声を上げると男は安達から彼女に視線をやった。その瞬間、男が目を輝かせる。

「＊＊↓:+##」

なんだ？　言葉が聞き取れない。安達は唯子を男の目から隠すため彼女の前に立つ。男が襲い掛かってきた。唯子が悲鳴を上げる。男が唯子に手を伸ばした。安達は舌打ちして思いっきり男を蹴《け》り飛ばす。男は尻餅《しりもち》をついたがすぐにぐわっと立ち上がり、唯子の腕を強く引いた。

「やめてっ！」

絶叫と共に唯子が畳に転がった。男は構わず唯子の身体を持ち上げて、そのまま襖を蹴破《けやぶ》る。

「放して！」と、恐怖に震えた少女の声が響いた。

その瞬間、安達は転がっていた刀を手に取る。

迷いなく切り裂くのは男の背中だ。血が溢れ出すのと男が畳に倒れるのは同時だった。

唯子が死に物狂いで男の腕から逃げ出す。安達は刀を持ち直した。腰の位置に構えて、男が上半身を起こした瞬間を狙い、身体ごと体当たりで刀を突き刺す。

「……ひっ」

「離れろ」

安達は唯子に吐き捨てた。

「血に濡れるぞ」

「そ、な……え？」

「あー……」

男は目を見開いている。一度だけ眼球が動きこちらを見遣ったが、すぐに絶命した。

「なっ、なっ、安達さん……」

「……」

「そんな、そんな」

「刀で人を斬ったのは初めてだ……」

刀身に血が滴る。手首を振るようにして払ってみるが、血は垂れたままだった。

「貴方、何をしてるんですか！」

唯子は青褪《あおざ》めて叫んだ。安達は刀を下ろし、「だって」と顔を顰《しか》める。

「意味分かんねぇこと言いながら君を攫《さら》おうとするから」

「だって、って……私も怖かったけど！　躊躇《ためら》いなく人を斬るなんて！」

「あったよ、躊躇い」

「なかった！」

「そうかな」

視点の違いだな。他人から見た自分と己が思う自分は驚く程、乖離《かいり》している。

男はとっくに息絶えていた。はからずも殺してしまったが、こいつは一体何だったんだ？　内心で訝《いぶか》しむ安達の一方、唯子は更に混乱して「どうしよう〜」と泣き出した。

「どうするんですかぁ」

「どうしようかな」

「帰りたいっ」

「分かったから、帰すから泣くなって」

「どうやって帰してくれるんですかっ」

「何とかする。君は隠れてろ」

狙われているのは確実にこの少女だ。安達が行動を起こすためにも、唯子にはおとなしくしていてほしい。

「うっうっうっ」

「知らない人間が死んだくらいで泣くなって」

「さ、サイコパス……もうやだぁっ」

「……」

「で、でも、この人が……この人が言ってたことって……」

唯子が顔を覆って呟き、安達が慰めるために膝《ひざ》をついた。

その時だった。

——気配は感じなかった。

息を一つ吐いた瞬間には、安達の顔の横に剣の鋒が向けられている。

唯子が息を止める。安達は横目で見上げる。


現れた男を見つめながら、安達はようやく知った。

そうか、ここは夕刻であったか。

夜が近いのだ。

開かれた障子の向こう、縁側に立った男の背後に燃える夕陽。赤い太陽すら、従えたような人間だった。人間……なのか、神なのか。グレーがかった白銀色の髪が圧倒的な光に透ける。少し影になった顔は、ぞっとするほど美しい。赤い瞳《ひとみ》が安達を見下ろしていた。こちらに向けられた剣の刃《やいば》は陽の光を受けて光の道となる。その先にいた男は安達にとって底知れない存在だった。美しさは、恐怖そのものだった。

——何者だ。

そう、彼が呟いたのが分かる。

これは。

何だ。

凄《すさ》まじい殺気に全身の肌が粟立《あわだ》つ。汗がどっと噴き出した。少しでも刀を握る手に力を込めれば斬られる。

際限なく押し寄せてくる緊張感で手のひらに汗が滲《にじ》んだ。安達は視線が縫い付けられたように彼から目を逸《そ》らせない。彼に向けている眼球が焼けるようだ。それは言わば、この世のものではないカミか妖怪《ようかい》か。得体の知れない恐怖そのものに目をつけられたのと同じ悍《おぞ》ましさだった。

「・・・・」

男が何かを言った。

何だ？

「あ、安達さん」

唯子が蚊の鳴くような声を出す。

「武器を放せって……」

「君、言葉が分かるのか？」

安達は目を丸くした。唯子も信じられないとばかりに目を見開く。

「分からないんですか？」

「あぁ、何も」

「……あ、あの」

唯子は意を決して男へ訴えかける。視線を揺らしつつも、か細く言った。

「あの、安達さんは、……この男の人は貴方の言葉が分からないみたいなんです」

唯子は日本語を使っている。

それなのに男に意味が伝わっている。

安達は咄嗟に刀を投げて両手のひらを晒《さら》した。敵意はないと伝わるか？　このジェスチャーが通じることを祈る。

するとと男はマントを翻した。そのまま縁側のガラス戸を開け軽やかに降りて、足元の草を摑《つか》む。

「・・・・？」

「んぐっ」

「安達さん！」

戻ってきた男は草を問答無用で安達の口元へ押し付けた。

唯子は悲鳴を上げるが動けないみたいだ。恐ろしくて仕方ないのだろう、腰を抜かしたみたいにガタガタ震えている。

呼吸を止められているのかと思った。思わず草を噛《か》むと汁が舌に広がる。苦くて不味《まず》い。泥の味だ。

安達は苦しげに顔を歪《ゆが》めるが男は無表情だった。口内まで指を入れられて強引に飲み込まされる。

抗《あらが》いようなく飲み下すと男が身体を離した。安達は激しく咳《せ》き込みながら、男を見上げる。

すると、声が聞こえてきた。

「分かるようになったでしょう？」

低く、けれど透き通るように凛《りん》とした声がした。

男が喋《しゃべ》っている。驚くことに、唇の動きに合わせて言葉が生まれていた。

「どうです？」

「……あぁ、分かる」

男は縁側にあった椅子に腰掛けると、足を組んだ。マントを組んだ上の足だけにかける。

唯子が安達に寄り添って、「安達さん！　大丈夫ですか!?」と不安げに言った。

男は、燃えるような赤い目のみで冷たくこちらを見下ろした。

「この世のものを食えば言葉は通じるはずです。その女性の方がむしろ奇妙だ」

「……君はこの男の主人か」

赤い瞳の男は死体に目を向けることなく、首を振った。

肯定とも否定とも取れない角度だった。僅《わず》かばかり目を眇《すが》めて安達を見つめる。

「貴方が彼を殺したんですか」

「いかにも」

「なるほどね。ここへはいつ？」

「十数分前だ」

男は「そうですか」と死体を見下ろし、小さな吐息と共に微笑《ほほえ》んだ。

「スティリー」

「はい」

背後からまた一人男が現れる。先ほどまではいなかった男の登場に唯子がビクッと震える。茶髪の青年は安達や唯子には視線を寄越《よこ》さず、ただ頭を伏せて主人の命《めい》を待った。

赤目の男が囁《ささや》く。

「この男を」

「承知いたしました」

直後、唯子は声にならない悲鳴を上げた。それもそのはずだ。安達も目を見張った。

目の前で死体が消えてしまったのだ。

「え、えっ……？」

「……」

スティリーは退き、また無口な人形のように佇《たたず》む。

血痕《けっこん》ごと畳から消えてしまった。唯子は呆然《ぼうぜん》としペタンと座り込んだ。安達は口の周りについた唾《だ》液《えき》を拭《ぬぐ》う。赤目の男が持つ銀色の髪は、角度によって色を変えた。

男は威厳ある声で、

「お楽に」

とひとこと呟《つぶや》く。

安達はあぐらをかいた。唯子は動けずにいる。目の前で起きた奇怪にショックを受ける唯子へ、男が語りかける。

「あの男は、貴女《あなた》を攫いにきたのでしょうね」

唯子は視線だけ男へ向けた。答えられない。

「何と言っていたか覚えていますか」

「……」

「彼の言葉が、分かりましたか？」

「……わ、私を、ゴラッド様に差し出すと」

「やはりか」

かろうじて唯子が呟《つぶや》くと、男は表情を消して愚痴るように言った。スティリーと呼ばれた男も無言で顔を顰める。安達は唯子へ顔を向けた。

「そんなこと言ってたか？」

「やっぱり、聞こえてなかったんですね」

「俺には意味をなさない言葉……いや、母音だかうめき声だかに聞こえた」

「訳の分からないまま刀を振るったんですか」

「俺は」

「彼女を攫おうとしたから、男を殺したんだ」と、安達は男へ向けて告げる。

姿勢を崩し片膝を立てて、何か文句あるか？　とばかりの安達に、男は「……だからって殺しますか」と苦笑いを浮かべた。安達は無表情のまま淡々と続ける。

「あぁ。命の危険を感じたからな」

「我々とは違った精神を抱く方とお見受けする」

「私とも違います……」

男の銀髪は背中まで垂れている。髪先まで艶《つや》めいていた。すると髪がふわりと揺れる。彼が立ち上がったのだ。畳に座る男女を見下ろし、淡白な声で言うことには。

「ひとまず、貴方たちは私の城へ」

「城？」

唯子は怪訝《けげん》そうな顔をする。

「城」

安達は満足げに頷《うなず》いた。

「ええ。そしてこの家を隠します」

男はゆっくりと瞬きして天井を見上げた。長い睫毛《まつげ》が天を向いている。

「この森に落ちてよかった。魔獣が家を食ったことにでもしましょう」

安達は怖気付《おじけづ》くことなく問いかけた。

「この子がツノの生えた猫を見たと言っていた。それが魔獣か？」

「ええ」

「どうして俺たちがここへ来たか、君には分かるのか？」

男は横顔だけで安達を見下ろしてくる。視線を滑らせて、唯子へ向けた。

「彼女から、尋常でない魔力を感じる」

そうして赤い目を少しだけ細めて、柔らかな口調で付け足した。

「貴女の力を必要とした我が国の魔術師によって、召喚されたのでしょう」

「……」

「……」

唯子は啞然《あぜん》としていた。まさに言っていた通りだ。さらにこの世界では、その不思議な力を使えるらしい。

安達は腰を上げ、刀を手に取る。肩に担ぐと彼らの視線が集まった。

注目を浴びながら、ヘラりと笑ってみせる。

「まずいな、巻き込まれた」


一度外へ出て、暫《しばら》く歩いた後は、まさしく一瞬だった。瞬きの間で安達らを囲む景色は様変わりする。

スティリーと呼ばれた男の転移魔法とやらで運ばれた先は豪勢な部屋だった。もうこの程度の魔法は受け入れることにする。数秒遅れて銀髪の男もやってきた。

スティリーが「処理の方は」と言いかけて、男が「問題ない」と返す。あいた時間は数秒と思ったが、彼は森で何をしてきたのだろう。

質の良さそうなソファにおとなしく腰掛けた唯子は目を丸くして忙《せわ》しなく部屋を見渡している。安達は足を組み、だらりとソファの背に寄りかかる。目線だけで周囲を物色したが、素晴らしい部屋だ。

「貴方たちは家族でしょうか？」

怪しげな森とは違い、部屋は明るかった。こうして見ると、やはり男は作り物のように美しい顔をしている。

まだ言葉がうまく出せない唯子の代わりに、安達が返した。

「いや、俺たちはさっき出会ったばかり」

「さっき？　家族でも知り合いでもないのですか」

「あぁ。親密度で言えば君とさほど変わらない」

「そうですか」

「何となく入った家に彼女がいただけだ」

「……空き巣ですよね」

　ようやく口を開き、唯子が恨みがましく睨《にら》んでくる。赤目の男は不思議そうに首を傾げた。

「あきす？」

「盗人です。無断で入り込んできたんです」

「うん。確かに許可は取っていない」

「それで私たち、家ごとこの世界に来て……」

「申し訳ない。うっかり俺まで巻き込まれたせいで、うっかり人を殺し、彼女をより混乱させた」

「帰りたい……」

「良心が痛む」

「良心、あるんですね」

　男は言って、茶を飲んだ。こちらにも勧めてくるが唯子は手をつけず、安達もまた触れなかった。ティーを嗜《たしな》む文化はあるようだ。西洋風の国なのか。安達はソファに背を預けた体勢のまま問う。

「ゴラッドってのは誰のことだ」

男はカップから口を離した。それから躊躇《ためら》いなく、

「叔父上です」

と答えた。

「君の身内なのか」

「ええ。我が皇帝に対し、良からぬことを考えているようで」

「それで、絶大なる魔力をもつこの子を召喚させたってわけか」

「仰《おっしゃ》る通り」

瞬きをすると次の瞬間には、既にティーセットは跡形もなく消えている。主人の喉《のど》を潤して、音もなく消え去ったのだ。杖《つえ》もなく、言葉の契りを交わすこともなく。

自然に魔法を使う男は、唯子に赤い目を向けて断言した。

「貴女は魔力、特に魔獣に対する使役の力が強い」

唯子は息を呑《の》む。

「そのせいでここへ召喚されたのでしょう。だからあの森のものたちは貴方方に手を出せなかった。貴女が魔獣の王の素質を持っていたからだ」

唯子は黙っていたが、やがて、絞り出すように呟いた。

「魔力なんて、そんなもの……」

「二階堂さん、つまり妖怪《ようかい》だよ」

安達は背もたれに深く寄りかかり足を投げ出した。唯子が不安に塗《まみ》れた視線を寄越してくる。

「妖怪？」

「あぁ。ここにはカミが棲《す》んでいる」

「神様……？」

安達は姿勢を整えて、膝《ひざ》に両腕を置いた。隣に座る唯子の顔を目線だけで覗《のぞ》き込む。

「現代日本でさえ君は取り憑《つ》かれたり、懐かれたりしていたんだ。そうだろ？　君はカミや妖怪を存在しないものとして扱う現代日本で随分苦労したようだ。安心しろ。この世界で妖魔《ようま》は公認されているる。ここでは存分に力を使えるんだ。やったな、君のステージだ。バチボコに力を振るってしまえ」

安達は言って、指でくるりと円を描いた。魔法の使い方など分からないが、おそらく支点を決めてそこに力を込めるのだろう。真似事《まねごと》をしてまた一度指を回してみるが、唯子は惑わされることなく静かに告げる。

「いやです」

「……」

「……」

「魔力なんて分からない。怖い。帰りたい」

「と、うちの姫君は仰っている」

安達は足を組み直し、銀髪の男もまた足を組み直した。安達は納得したように大きく頷いてみせた。

「その通りだ。何が魔力だよ。こんな幼気《いたいけ》な子を親元から引き離して奴隷にしようなど、君の国の魔術師はとんだ畜生だな」

「ええ。帰しましょう」

男はキッパリと言った。

異界からやってきた人間たちをじっと見つめる。そしておもむろに断言した。

「正直――、貴女の魔力は強すぎる」

「魔力の測定ができるのか」

「私にはね」

組んだ膝に両手を置いている。座っているだけで絵画のように見える男だった。

「これを叔父上に渡すわけにはいかない」

これ、と呼ばれた唯子は唇を結んだ。

「しかし、私もまた持て余す」

魔力が強すぎるのだと。

バランスを保っている彼らの政治に、唯子という存在は破壊兵器だ。安達は現代の世界を思い浮かべる。核兵器の数によってバランスをはかり、他国が獲得すれば途端に狼狽《うろた》える政治。とっておきの爆弾がこの世界に降ってきた。ならば。

「帰すのが一番です」

相手の手に渡らぬうちに……爆発しないうちに放棄すべきだと。

「すぐに帰れるのか」

安達が問いかけると、そこで初めて男が言《い》い淀《よど》んだ。表情は変えぬまま答える。

「時間を要します」

「へぇ。二階堂さん良かったな。暫くの辛抱だ」

「……」

唯子は押し黙った。男は返事を待たずに続ける。

「叔父上の私物を勝手に戻したとなれば波風が立ちます。叔父の目を惑わすためにも代わりがいる」

「身代わりか。確かに重要だ」

「それはこの男に務めさせましょう」

一瞬、反応に遅れる。

安達は眉根《まゆね》を寄せて、「は?」と声を低くした。

「何を言う」

「貴方が召喚物の代わりを務めなさい」

「俺も帰りたいが」

「帰すわけないでしょう」

男は安達を睨みつけたが、それよりも呆《あき》れが勝ったのか、「落ちてきて早々この国の人間を殺すなど」と息を吐く。

「貴方は既に人を殺している。色々と処理があるんです」

「面倒だな」

「自分が蒔《ま》いた種でしょう」

この男は『落ちた』と表現を使ったが、安達たちの世界がこの国より天に位置すると把握しているのだろうか。

唯子が切羽詰まった様子で言った。

「どうすれば帰れるんですか」

「……満月の夜に叔父上の城の魔力が薄れます」

男はゆったり瞼《まぶた》を閉じる。長い睫毛《まつげ》が際立つ。いちいち美しい男だった。

「恐らくそこに召喚の儀に使った短剣がある。それを使えば帰ることもできるでしょう」

「そんな簡単に奪えるものなのか？」

「叔父上も、召喚した少女がまさか人殺しの盗人を連れてくるとは考えていなかったでしょうから」

薄い唇が弧を描いた。侮るような感情が見えた。

「簡単に城へ迎えられると思っていたのです。事実、貴方が殺した男は大男でしたが美丈夫だったでしょう？」

そうだ。

あいつは確かに見かけはよかった。大男ではあったがおとぎ話の王子のようでもあった。あの瞬間は咄嗟《とっさ》に反撃してしまったが、彼は少女を掌握するつもりだったのだろう。

殺したが。

「手の内にできると思っていたんですよ」

唯子はごくりと息を呑んだ。男は「幸いにも」と話を続ける。

「屋敷ごと彼女をこの世界に召喚したが、その家にアダチが居たとは気付いていない。この男を残して貴女は国へ帰りなさい」

「俺も帰りたい」

「帰しません」

「満月の夜って、何日後なんですか？」

すっかり日が暮れている。ここは『落ちた』先ではあるが、太陽も月もあるようだ。ならば現世に帰属するのか。それとも現世がこの世界の付属品なのだろうか。

男は「何日後？」と不審そうに言った。

「何日、ではありませんよ」

「え？」

「半年後です」

「……半年後!?」

「凄《すご》いな」

「どうなってるんですか！」

安達は感心し、唯子は悲鳴を上げた。

やはりこの世界の時空間は狂っている。先ほども感じたが、太陽の傾くスピードが異様に早かった。次は満ち欠けるのに極端な時間を要する月……面白い。

二人の顔を交互に眺め、男は「課題はそれだけじゃありません」と容赦なく補足する。

「私たちはゴラッド閣下と争うわけにはいかないのです」

本題はここにあるらしい。男はあからさまに顔を歪《ゆが》め、嫌そうに首を一度だけ振った。

「内戦に繋《つな》がるようなきっかけを作りたくはありません。私の力で奪うわけにはいかない」

「で、でも、魔法があるんじゃないんですか？　それを使えば……」

「私の魔力の痕跡《こんせき》を残してはならない」

安達はそれよりも『閣下』という肩書きが気になった。

男が使ったその敬称が揶揄《やゆ》ではなく事実だとしたら……それは相当位の高い人間が相手ということになる。裏付けるように、男は言う。

「ゴラッド公爵の城からどう短剣を奪うか、あと半年でそれを考えなければ」

「公爵だと？」

「えぇ」

「随分な貴人が二階堂さんを召喚したようだな」

「高貴ではあるが彼はかつての時代の亡霊です。この国は元々軍人皇帝でして……武力を持つ者が皇帝の座に居座っていたのです。その時代の信念を放棄しない男だ」

「気性の荒い人物のようだな。今は魔力の時代か」

「どちらにせよ政治が下手なんですよ」

「ふぅん」

「内乱を起こすわけにはいかないのです。穏便に済ませたい」

「案外事態は深刻だな」

「相当、深刻です」

「俺が盗めばいいだろう」

「……」

「……」

唯子と男は真顔で沈黙した。こういう時、たとえ次元の違う生物でもそっくりな表情をするらしい。

安達は小さく首を傾けて、問いかけた。

「俺には魔力がないんだろ？」

安達の視線の先で男が、慎重に頷《うなず》く。

安達は満足げな顔をしてつらつらと続けた。

「つまり魔力のない俺が動いたところで誰にも気付かれない、と。なら俺が盗めばいい。意外にも君は俺をこの世界に留まらせるらしい。それも、破壊的な魔力をもつ二階堂さんの身代わりとして。誰も、魔力のない人間が『二階堂さん』だとは思わない。俺はこの世界で、存在しているのかいないのか判別できない人物でいる。居ても居なくても変わらないんだ。そんな人間が忍び込んで何かを盗んだところで、そもそも存在しているのか居ないのか分からない人間なのだから特定に遅れる。適任だろ。第一、魔力なんかなくても俺は盗める」

男は静かな瞳《ひとみ》で安達を見つめていたが、唯子は心底恐ろしいものを前にする目つきをした。

安達は自分の手首を指差して、薄く微笑んだ。

「安心しろ。俺は言われた通りに動く。時間ぴったりにな」

「……安達さん」

唯子は動揺で瞳を震わせた。

「どうして私の時計を」

自分の手首に巻かれていた時計が安達のもとへ移っているのだ。信じられない現象を目の当たりにして怯《おび》えている。魔法を繰り出された時よりも狼狽える少女に、安達は笑いかけ、刻々と進む針をうっとりと見つめた。

「いや、これやっぱり良い腕時計だなと」

「……」

「……」

口を開いたのは唯子だった。

「できるかもしれません」

俯《うつむ》いたままそう小さく呟《つぶや》くと、首をもたげて、銀髪の男をじっと見つめた。

「私が安達さんに気付いたのは、この国に着いて彼が話しかけてきたからなんです。私は、あの離れで二週間も一人で暮らしていた。他人が入ってきたらすぐ分かる！　なのに……貴方も分かると思いますが、安達さんはこんなに存在感があるんです。けれど本気で気配を消せば、気付かれない」

やがて安達に目を向けた。恐れながらも、その視線には妙な信頼が宿っているようだった。

「安達さんになら、盗めるかもしれません」

「決めるのは君だろう」

安達はその視線を流し、銀髪の男に目を向ける。目元を歪めた安達は、低く呟いた。

「報酬はこれで良い」

懐から取り出した『それ』の正体に青褪《あおざ》めたのは、側近のスティリーだった。

銀髪は無言だ。唯子が息を呑《の》んで、

「それって……」

「私の杖《つえ》だ」

銀髪は言って、溢《こぼ》すようにして笑った。

「つ、杖なんか、持っていたんですか」

「……」

銀髪は作り物のように整った顔を崩さなかったが、仏頂面をしていた側近のスティリーは激しく動揺していた。「主人から杖が奪われて、気付かないなんて……」と、到底信じられない光景を目にした様子だ。唯子や安達にはその価値をはかり知ることはできないが、スティリーの反応から見るに、よほどのことが起きていることが分かる。

スティリーがまた呟く。

「杖が、気付かないなど」

ありえないのだと。

安達は聞こえないふりをして杖を上下に振ってみる。当然だが何の反応も起きないので、ふくれ面

をして首を傾げた。

「何だ。何も起きないな」

「でっ、でも！」

唯子が小さく叫んだ。

「盗んだ短剣をどうやって返すんですか？　争いが起きたらダメなんでしょう」

「盗んだものを何故《なぜ》返す必要がある。証拠が残らなければいい。そうすりゃ失《な》くしたものだと思うさ」

「……なんて恐ろしいこと」

「お嬢さんにもいつか分かる。まぁこれは返してやろう」

安達は腕時計を外した。

唯子に差し出すと、彼女は慎重に受け取る。杖は放るようにして銀髪へ渡す。まるで生き物のように主人の手元へ一直線に戻っていった。

安達は魔法など使えない。奇妙だなとは思うけど憧《あこが》れはなかった。

そんなものなくても、手にできる。

男をじっと見つめる。

「この城で最も価値の高いものを俺に寄越せ」

そして安達は悪魔のように笑った。

「そうしたら短剣でも何でも、盗んできてやる。君の望むものを」

男が赤い瞳で安達を見つめた。

この世のものとは思えないほど深い赤が安達を見据える。ここがあの世ならばルビーも瞳に棲《す》むのかもしれない。

暫《しばら》く沈黙した。静寂を破ったのは、彼だった。

男は静かに息を吐くと、

「そうしてみましょうか」

「交渉成立だな」

安達は足を前に投げ出した。ソファにふんぞり返って、一度だけ右足を揺らし床を踏む。意気揚々と収穫物をテーブルに投げた。

「ところで俺の部屋は？　さっき上等な着物を仕入れた」

「私の父のモノ！　安達さんいつの間に！」

「食べ物はあるのか。俺は客人だ。丁重に迎え入れなさい」

言ってから、果たしてこの国の食べ物を口にしていいのか疑問に思う。食べたら戻れない、黄泉戸喫《よもつへぐい》の一種ではないかとは思うが、既に草を食わされている。

この地に根付いたものを食わされたのだ。手遅れだろう。なんにせよ腹が減っては戦はできぬ。そもそも、安達が日本に帰りたいのかというと、それほどでもなかった。

「昼から何も食べていない。夕食は部屋に運んでくれるのか？」

「居座る気満々じゃないですか！」

「アダチ」

銀髪の男が声をかけてくる。安達は「客室の準備が整ったか」と上機嫌で返す。

男は真顔で言った。

「貴方は私のすぐ傍《そば》に」

「は？」

「異世界からやってきた人間に、私は、興味を抱いた」

感情のこもっていない声だった。台本を読むようだ。

彼は目を細める。

「叔父上の召喚物を攫《さら》った言い訳は私の単純な気まぐれということにする」

「争わないために？」

安達が付け足すと、男は微笑んだ。

だが、直後の言葉に安達も唯子も目を見開いた。

「そして恋だ」

「……」

「……」

「私はアダチに恋をした」

唯子は唖然《あぜん》として口を開いている。安達はスティリーに目を向けた。

主人が突飛なことを言っているぞ、どうする、と目を細めてみるが、側近の男もまた動揺していない。銀髪の男は真っ直《ます》ぐ安達を見つめたまま、小さく笑った。

「ということにします」

それは微《かす》かながらも本当に楽しそうな微笑みだった。

「私の妻になりなさい」

「えっ⁉　安達さんが妻⁉」

「……」

男が立ち上がる。安達から唯子に視線を移し、まるで女神の慈悲のような表情で見下ろした。

「貴女の名は？」

「ゆ、唯子です」

「アダチ。ユイコ」

長い髪が風もないのに揺れた。角度によっては黄金にも見える神秘的な髪だった。

男は軽く瞼《まぶた》を閉じ、また宝石のような赤を覗《のぞ》かせる。

彼は名乗った。

「皇帝軍を率いるアダマスと申します」

小さく首《こうべ》を垂れる。すぐに顔を上げた。威風堂々とした佇《たたず》まいの彼は、神の如《ごと》く人間を見下ろしている。

「え……率いるって……」

唯子が恐る恐る呟く。

「大将様か」

安達は無表情で言った。

アダマスがまた目を細めた。スティリーが「アダマス様は、我が軍の軍神《いくさがみ》であられます」と感情のない声で呟く。

そうか。

ごとく、ではない。神なのだ。安達は神を視認しながら、その怒りに触れないよう、（巻き込まれたな）と内心で愚痴った。

「軍神……」

「ん？」

「って何ですか？」

「どうした？　いきなり」

「語感から意味は何となく分かるんですけど、抽象的すぎて」

「そもそも定義もあやふやで抽象的なものだけど……オリンポス十二神で言えばアレスだな」

「あぁ、ギリシャ神話！」

「日本だと」

「日本にもいるんだ」

「そりゃあ戦の国だから。日本なら『武甕槌神《たけみかづちのかみ》』『経津主神《ふつぬしのかみ》』『ヤマトタケル』」

「何だか馴染《なじ》みがあります……」

ヤマトタケルでも親近感を覚えるほど日本出身の唯子はまだこの環境に慣れていないようだった。

異質な世界に落ちてきてから三日が経《た》っている。制服はどこかに保管しているのだろう。この国の衣服に包まれた唯子は、ポニーテールを揺らして頷《うなず》く。

「ここではアダマスさんなんですね」

アダマス。皇帝軍の大元帥だ。軍神と呼ばれ、崇《あが》められている。

「アダマス様を『アダマスさん』だなんて、ユイコ様はさすがですね」

と、女性の声がした。

「あっ、ごめんなさい！」

「いえ、謝ることではないんです！　少しびっくりしただけで」

唯子の女中として遣わされたクロエが首を横に振る。アダマスの配慮により、見かけは殆《ほとん》ど唯子と同じ年頃の女性だ。

クロエは困ったように安達へ笑いかけた。

「アダチ様なんてアダマス様を『アダマス』と呼び捨てですから、もう私びっくりしちゃって」

「すまない」

「……」

「こうやって素直に謝るから、安達さんって変な人ですよね。不気味っていうか。人の懐に入り込む妖怪《ようかい》みたい」

困り果てて曖昧《あいまい》な笑みを浮かべるクロエの一方、唯子はほとほと呆《あき》れた息を吐き、悪口を口にした。

四六時中クロエと共にいるからか、唯子は彼女をすっかり信頼してしまっていて、「クロエさんがびっくりするのも無理ないですよ」と完全に女性陣で団結している。

「やることと言うことめちゃくちゃなのに、反省だけは早いんですもん」

「軍神の話はもういいのか」

「ぼやぁっとしてたものがだんだん固まってきました。とにかく凄《すご》い人ってことですね」

「神だがな」

「人じゃないの？」

「いや、……そうだな、俺もその判別は無意味に等しい気がしている。そもそも彼は魔法が使えるのに」

「安達さん質問です」

「次は何だ」

「軍って、つまり、この国は戦争をしているってことですか？」

安達は一服してから、「それはクロエさんに聞いた方が早いんじゃないか」と答えた。

「あ、そうですね。クロエさん……」

「クロエさん頼んだ」

「え、えっと」

この国には軍隊が組織されている。区分は細かく、陸、海、森、空、境界、魔力だ。

初めて仔細《しさい》を聞いた時、陸海空に関しては安達にも理解できたが、その他については注釈を要した。

森はその名の通り森だ。この国の森はとてつもなく広いらしく、およそ国土の六割を占める。おとなしくしている森ならいいのだけど、魔獣や、森そのものが人間界に牙《きば》を剝《む》くことがあるらしく、その対処と監視、戦のための軍が森軍だ。森から民を守るための組織で、陸に次ぐ巨大な組織である。

「この国には山がないから面白い」

「え、そうなんですか？」

「え。ヤマって何ですか？」

クロエは不思議そうにした。山で採れるものはあらかた、森や海で採れるらしい。

「じゃあクロエさん、境界って何ですか？」

「海の境界ですよ」

クロエはにっこりと微笑み、手を動かし続ける。

そう、この国は驚くことに島国だったのだ。

国土は海に囲われている。海岸線がとてつもなく長いから、防衛に不向きだ。その境界を守るための軍が境界軍。他国からの侵略者や、海に棲む魔獣からの防衛につとめている。

「それなら海軍は何をしてるんですか？」

「沖での活動です」

「なるほど」

「後は魔力ですが……」

「それは何となく想像はつきます」

魔法に特化した軍隊である。

聞くところによると、この世界の住人だからといって誰も彼もが魔法を使えるわけではなく、生まれ持った素質に加え鍛錬が必要らしい。

それぞれの規模は違うがどちらにせよ巨軍である。戦争という目的だけでなく、この国を維持するために必要なのが軍隊なのだという。

「それぞれの軍を総括する、いわゆる大将様がアダマス様なのです」

「そんなに凄い人が……」

唯子は言葉を迷った。唇を結んで押し黙る。安達は内心で同情した。

そのアダマスが、いの一番に自分を迎えにきたのだ。森軍や海軍の命運、ひいては国の未来を左右するのが自分なのだと改めて自覚したのだろう。

唯子が再び口を開いた。

「そんな、人が……」

「……」

「安達さんを妻にするなんて言い出したんですね……」

「そっちか」

唯子は目を見開いた。すっかり興奮した様子で、「そっちか、じゃないですよ！　他にどっちがあるんですか！　これだから安達さんは！」と鼻息を荒くしている。

自分から協力すると言った手前、アダマスの提案した隠《かく》れ蓑《みの》を断るわけにもいかなかった。ここでは、安達はアダマスの妻ということになっている。

愛人でないから驚きだ。彼なら女の十人や二十人いてもおかしくないのに。

唯子は難しそうな顔をした。

「びっくりしましたよ。アダマスさんがいきなり言い出すから」

「……」

「ここの人たちって、同性愛に偏見が全くないんですね」

「アレス神の時代には」

「え？」

「神々の時代にはな、アンドロギュノスという球体がいたんだ」

「球体が」

唯子は首を傾げた。

「『いた』？」

「後に人間になるんだが、その球体は、男と男、女と女、男と女がくっついていて、ぐるぐるぐるぐる回りまくっていた」

「回りまくっていた」

唯子は繰り返し、パチパチと瞬きする。

「そうだ。つまり三種類いたんだ。男と女、じゃない」

「へぇ」

「とにかく動き回って暴れるから、神々は困ってしまった。そんで座長のゼウスが苛立《いらだ》って奴《やつ》らを真っ二つにしてやったんだよ」

「あぁ、雷で……それで男と女になったんですね」

「だからアンドロギュノス……人間は、片割れを求めて終わりなき旅をしている」

「ふぅん……」

「昔の人の世界には、自然に同性愛者がいたんだな」

「と言っても」

唯子はニヤッとほくそ笑み、口元に指を当てた。

「安達さん、女性の格好させられてますけど」

「俺は君の代わりだから……」

クロエは二人の会話を何のことか分からなそうに聞いていたが、安達の化粧をすすめる手は緩めなかった。

ゴラッド閣下が召喚したのは異常な魔力を持つ人間の『女性』だ。だから唯子の代わりを務めるために、安達は女装をする必要があった。

安達は煙をくゆらせる。

「これがあって助かった。むしゃくしゃして刀を振り回すところだった」

「ふふふ、アダチ様は面白い方ですね」

「……」

クロエは微笑むが、唯子は安達ならやりかねないと想像したのか微妙な顔をする。

煙草《たばこ》は神への献上品だ。魔法の国にも存在するのはそのせいか。真面目に考えても仕方ない。あまり好みではない味だったが用意してくれただけでも良しとする。安達は煙を吸い込んでから、火を消した。

今宵は、アダマスと共にゴラッド閣下の城へ向かうことになっていた。

アダチを妻として紹介するためだ。

顔は隠す予定ではあるが、もしもの時見られても構わないように、女装させられることになってしまった。不本意だが致し方あるまい。

安達もさほど、自分の容姿がどう取り扱われようと気にしていなかった。煙草を与えられれば咥《くわ》えて黙るのだ。

「ゴラッド閣下って、偉い方なんですよね」

唯子がまた訊《たず》ねる。安達は椅子の背に寄りかかり、頭をだらりと後ろにやった。クロエが困って言った。

「アダチ様、姿勢を崩さないで」

「公爵らしいからな」

「公爵……」

「身分制度など国によってレベルが違うから正確に例えられないが、江戸で言えば徳川だよ」

「えっ」

安達は言われた通りおとなしく座る。鏡越しに、驚いた唯子を眺める。

「最上の爵位だ」

「そんな、国のトップじゃないですか！」

「あぁ。軍のお偉いさんどころじゃないな」

「一番偉い人ってこと？」

「抜かすな」

眠たくなって瞼《まぶた》を閉じながら、続ける。

「なぜ徳川が最上位になる」

「え？」

「天皇がいるだろう」

「……皇帝陛下」

「そう」

軍は軍だが、アダマスは皇帝を名乗る軍の大元帥を担っている。それも軍神だ。神の座を与えられたアダマス自身も相当な権力者である。

しかし安達にはまだ、彼らの権力差を測れなかった。皇帝だか神だか閣下だか、いち日本国民の安達の価値観が通じる次元ではない。

そもそもアダマスとゴラッドは、叔父と甥《おい》の関係である。

唯子は悩ましげにしていたが、やがて息を吐いて考えることを諦《あきら》めた。まだ高校生のくせに諦めに関して潔いのは感心する。ここで、何でどうしてと追求する子供を、安達はどうすることもできない。

「それにしても安達さん」

唯子は鏡越しに神妙な顔つきで安達を見つめた。惚《ほう》けるような吐息をついて、

「綺麗《きれい》な顔してますよねー……」

「本当に！　お綺麗な顔をしてらっしゃいますから、クロエも化粧が捗《はかど》ります」

クロエも同調して楽しげに声を高くした。それを皮切りに女性陣は大いに盛り上がり始める。安達は無言、無表情で鏡の端を見つめる。

「初めて会った時はそれどころじゃなくてちゃんと見てなかったけど、安達さんって見れば見るほどイケメンですもん」

「ユイコ様の仰る通り、完璧《かんぺき》ないけめんですわ」

「というか、安達さん、幾つなんですか？　その肌って天然物ですよね？　真っ白でツヤツヤ。もしかして本当は泥棒なんかじゃなく、俳優やモデルだったりします？」

「高身長でいらっしゃるので、その点は女性として見られるのかクロエは心配です」

「大丈夫ですよ。アダマスさんの方が背高いし。二人ともスタイル抜群なんて、海外セレブみたいでいいじゃないですか」

「そうですね。細身であられますし……あぁでも勿体《もったい》無い。せっかくこんなにお綺麗でいらっしゃるのにお顔を隠してしまわれるなんて」

「綺麗な人って男性でも女装が似合うんですね。とっても美人……え、美人すぎません……？」

「お可愛《かわい》らしくてございます」

「本当に可愛い！　伏し目がちなのも色気があって素敵です。わー……こうして整えてもらうとほんっと、吸い込まれそうなほどの美」

「クロエは今にも気を失いそうです」

「可愛い。あの、微笑んだりとかしてもらったり……」

「アダチ様、微笑みを」

「びっじん……握手してもいいですか？」

「これはもう美女ですわ」

唯子が現代用語を連発しているにもかかわらず、なぜこいつらは滞りなく会話できているのだろう。安達は呆《あき》れるのも面倒で彼女たちの気が収まるのを待つことにした。人生は忍耐である。だがどうにも盛り上がりが止《や》まない。もう何本目かの煙草を灰にした時だった。

「煙がベールみたいですね。煙いけど安達さんの美しさを神秘的にしてくれてる」

「ユイコ様、言い得て妙です！」

「魔法でこんなに髪も長くしてもらって、完璧に傾国の美女ですよ」

「我がユークリット皇国が滅ぼされないか心配です」

「安達さん、滅ぼさないでくださいね」

「……滅ぼしてやろうかな」

「アダチ」

ぼそっと呟《つぶや》くと、鏡の隅に男が入り込んできた。

音もなくやってきたのはアダマスだ。クロエがすぐに退き、主人に頭を下げる。

「アダマスさん」

唯子が若干緊張しつつも、小さく礼をした。だが彼への畏《おそ》れよりも伝えたいことがあるらしく、目を輝かせて顔を上げる。

「見てください、安達さん、こんなに美女になりました！」

スッと横に立ったアダマスは安達を見下ろした。安達はたいして表情もなく彼を見上げる。

アダマスは長らくの沈黙の後、

「……ええ」

と呟いた。

「美しいですね」

「君、ゴラッドの屋敷にはどれくらいで着く」

「行きは私の魔法で」

「さっさと終わらせよう。早く帰りたい」

「それほど私の城を気に入りましたか」

ここに来て、三日が経っている。正確に言えば三泊して今は四日目だ。唯子はその間の殆《ほとん》どをクロエや他の魔術師のもとでこの国の『気配』に馴染《なじ》むための儀式をしていた。

同化して異界の匂いを隠すのだ。唯子に成り代わった安達にはその必要がないため、その間は城内をふらふらしていた。軍人の男たちと酒を飲んだり、料理人たちと料理をしたり、庭師と花を見て回ったり、仕事を終えた者と夜中に博打《ばくち》を打って遊んだり。

今では城内で働く者たちとすっかり親しくなっている。

すると、アダマスがまさか帰宅していると知らない一部の者たちが仕事を終えて次々に部屋に入ってきた。

「アダチ様ぁ、子供たちにミリアリティ物語の続きを……アダマス様！」

「おいアダチ様。良い酒を仕入れたぞ今晩俺らの部屋に、ぐ、軍将様！」

「アダチ様、今晩ゴラッド公爵邸で薔薇《ばら》を……アダマス様、おかえりなさいませ」

「アダチ様、どうしてそんなにお美しくなっちゃったんですか！」

「お綺麗！」

「姫君のようじゃねぇか！」

「あらぁ、アダチ様、そんなにお美しくなられて！」

「こりゃあ驚いたな！」

集まってきた男女はまず、いつもより早い主人の帰宅に驚いて、次に安達の姿に目を瞠《みは》った。一気にボルテージの上がった彼らはワイワイやりながら安達を囲む。安達が椅子に腰掛けたまま耐えていると、

「皆皆様方、退出なさい」

と、スティリーが間に入ってくれた。彼は呆れた様子で通達する。

「アダチはアダマス様と今晩はお出掛けです。さぁ散るのです」

スティリーに追いやられて、彼らは口々に何か言い合いながら去っていく。唯子とクロエ、スティリー、そしてアダマスだけが部屋に残った。

「随分彼らと親しくなったようですね」

アダマスは、微笑んでいるのか冷笑しているのか、ちょうど中間の顔をして扉を見遣った。

「暇だったからな」

「構ってやれなくて申し訳ありません」

「別に君と過ごしたいわけじゃない」

スティリーがあからさまに嫌な顔をする。アダマスは、ふっと鼻で笑うようにした。

クロエが香水をかけてくる。安達の目の前から灰皿がたち消えた。安達は鏡の中の自分を見つめながら、

「ここまで化粧する必要があったのか」

「顔は隠しますよ。何が起きてもいいように。準備は整ったようですね」

アダマスもまた正装をしていた。軍服ではなく、豪華な貴族衣装に身を包んでいる。それと比べたら安達のドレスは地味でないかとは思うが、煌《きら》びやかなドレスなど着たくないのでこの程度でおさまって良しとする。

うまいこと身体のラインが分かりにくい、おとなしめなゴールドのドレスだ。ベージュや白に近い色である。首の辺りと腕は黒みがかったレースになっていた。男が着てどうすると内心で呆れていた安達だが、実際着させられると中々様になっているから反応に困る。

魔法で黒髪も背中まで伸びた。カツラでいいではないかと思ったが、彼らにしてみればカツラをかぶせるよりも一般的な方法なのかもしれない。クロエは魔術を使える女中だ。

ポニーテールのように髪が纏《まと》められている。かなり凝った編み方をしていたが、後ろがどうなって

いるのか安達には分からない。

「女神みたいですねぇ」

唯子がうっとりとして言った。安達はため息をついた。

ここ数日は、アダマスよりもスティリーと顔を合わせる機会が多かった。一日の終わりには必ず安達の居場所を突き止める。安達が、酒を飲んだり城内の子供たちに絵本を読み聞かせたり博打を打ったりしているところへ唐突に現れ、「おとなしくしていたでしょうね」と口うるさく咎《とが》めるのだ。

そんなスティリーも何やら難しい顔をして黙っている。何か反論しろよ、隣に本物の軍神がいるのに女神など不敬だろう、と横目で見るが、スティリーはますます目つきを険しくしただけだった。

「では向かいましょうか」

アダマスは目を細めて、安達に手を差し出した。

安達は当たり前のようにその手を無視し、腰を上げる。昨晩は朝まで男たちと飲んで騒いでいたし、今日は料理を手伝っていたからとても眠い。目元を指で擦《こす》ろうと右手を上げた時、その腕をアダマスに取られた。

「っ!」

「アダチ」

引き寄せられて、腰を抱かれる。近い距離にアダマスがいた。唯子とクロエがハッと息を止める。

安達の右手の甲を取ったアダマスは、中指にリングをはめた。流れるような動作だった。そうして安達の指を口元に寄せると、

「神の加護を」

リングにそっと口付けする。

その瞬間、淡く白い光が放たれた。指先から全身に伝播《でんぱ》し、安達の身体全体に薄く膜が張る。安達自身には身体的影響は起きなかったが、とにかく驚いた。

光は美しかった。光に美しいも何もないはずなのに、全身を覆う白い光はなぜか、懐かしいような、切ないような、胸が締め付けられる光で、美しいと言う他ない。

ああ、これが神なのか――。

半透明の白い膜はすうっと安達に吸い込まれるようにして終結する。シンプルだったリングに、赤い宝石が埋め込まれていた。角度によってその色の深さを変える、不思議な石。

まるでアダマスの瞳《ひとみ》そのものだ。

「……これは」

「私からの加護です」

「魔法とは違うのか」

アダマスは手袋をはめる。スティリーが代わりに答えた。

「魔法ではなく、神の加護です。魔法如きが太刀打ちできない。これさえあればアダチの精神と肉体は打ち破られません」

「へぇ……」

「馬車が下で待っている」

アダマスが言った。低い声だった。少し疲れているような。

アダチは「馬車？」と首を傾げた。

「魔法でパパッと向かうんじゃないのか」

「礼儀ですよ」

「追従か」

アダマスは横顔で笑いかけてきた。儚《はかな》げな笑みだった。

「安達さん、お気をつけて」

神の加護まで受け取ったのだ。いよいよ只事《ただごと》ではないと強張った面持ちの唯子が、心配そうに言った。安達は、彼女に薄く笑いかける。

「大丈夫。二階堂さんは何も心配する必要ない」

「はい……」

「気にせず、よく食べてよく寝るんだ。いいな」

「……分かりました」

「いい子だ」

スティリー、アダマス、そして安達は馬車へ向かった。馬を四頭連れた豪勢な馬車だ。スティリーは御者と共に行動するらしい。シンプルな外套《がいとう》を羽織っていたのはそのためか。

派手な外套のアダマスと、安達が乗り込むと、早速馬が走り始めた。

「本当にただの知り合いですか」

アダマスが唐突に言った。安達は小さく首を傾げる。

「ユイコですよ。貴方が彼女を見る目は優しい」

「あぁ……妹がいた。あの子は似ている」

安達は思わず笑みを洩《も》らした。アダマスが「いた、ですか」と言及する。安達は頷《うなず》いて、

「今はいない」

安達はそのまま続けた。

「俺たちみたいなのはしょっちゅう落ちてくるものか？　人身御供は君らの世界の十八番《おはこ》か」

「まさか。無意味ですし、禁忌です」

「なるほど。政治家の不祥事を隠すのに君も必死なんだな」

アダマスはおかしそうに笑みを湛《たた》えて、「骨が折れますよ」と言った。安達はその反応を眺めながら、ふと呟いた。

「だが君の屋敷の連中は皆、俺たちの正体を知っているようだ」

アダマスの城の者たちは、安達と唯子が『上』の世界から落ちてきた人間だと、城に到着した時点から理解している。唯子が身を隠さなければならない存在だということも、安達が性別を偽りアダマスの妻として身代わりになることもだ。

異界から人間を召喚する魔術が禁忌ならば、安達と唯子の存在は機密として扱われなければならない。だが彼らは、安達らの正体を知っていた。

アダマスは窓枠に頬杖《ほおづえ》をつく。

「彼らは洩らしませんよ」

口元だけ歪《ゆが》んだ。それは笑ったようにも見えたし、何かを軽蔑《けいべつ》するようにも見えた。

一瞬だけ瞼《まぶた》を閉じて、次に安達を見つめると、

「驚きました。私の城の者たちが貴方と打ち解けているから」

「そうか？」

「彼らがあれほど陽気だとは」

「君は恐れられているな」

「でしょうね。貴方が変えてしまったんです」

アダマスは窓の外の夕闇を見遣る。

城の者たちは初め、皇帝軍の軍神に仕えるだけあって厳粛だった。安達の好き勝手な行動に顔を顰《しか》めていたが、じきに翻弄《ほんろう》され、あぁなったのだ。

「たった数日のうちに」

「それは君が赦《ゆる》したからだろう」

赤い視線がこちらに向いた。

「あいつらは君を恐れているが、君に従順だ。信頼しているように感じた。その主人が赦すのだからと、俺を受け入れてくれている」

アダマスはゆっくり瞬きするだけで、否定も肯定もしなかった。

アダマスを慮《おもんぱか》ったわけでもないが、安達は話を変える。「ミリアリティ物語を」とこの国の昔話を

口にすると、アダマスは先を促すように首を傾げた。

「君も知っているのか」

「ええ。森の妖獣を助けて、存在しない国に迎え入れられる少年の話でしょう」

「俺の国の昔話に似ている」

馬車はまだ駆けていた。アダマスの城は、この国の大半を占めると言われる森の片隅にある。町も近いらしいが向かうには馬車が必要だ。この城自体が秘匿された要塞《ようさい》のようにも思えた。

木々の隙間から真っ赤な陽の光が差し込んで、ちらちら夕陽が見え隠れする。

「浦島太郎、という物語だ。男が亀を助けて海の王宮で素晴らしい時間を過ごす」

「ミリアリティ物語も同じようですね」

「しかし帰ってくる」

眺めているうちに、森の木々からちらつく眩《まばゆ》さが海に反射したものだと気付いた。

ここは海に近いのか。

「男が帰ってきた故郷は既に何百年も時が経っていて、かつて暮らしていた頃の人々も家族もいないんだ。海から現れた謎の男を村民は奇怪に思っただろうな。最後には、男が王宮から授かった贈り物を開ける。不思議な煙に包まれ、男は急激に年老いてしまう。と、そんな話だ」

「男は死んだのですか」

「さぁ……どうだったか」

安達は夕闇の煌めきをどこか茫漠《ぼうばく》とした心地で眺めながら呟《つぶや》いた。

「忘れた」

この物語を聞いた時から、彼は玉手箱をわざと開けたのではないかと思っていた。

楽園を出て帰ってきたはいいが、村にはもう自分の居場所はない。どこにも自分はいない。

だからこそ、男は玉手箱を開けたのではないか。

「アダチはその物語が嫌いなのですか」

物語自体への言及ではなく、安達個人へ問うから、安達は少しだけ意外に思った。自分の語り口がそう感じさせたのだろうか。

「いや、好きも嫌いもない」

「似ているから話しただけ、ですか」

「そうだな。ただ……」

安達は森の向こうを凝視した。夕陽を浴びた海は、どれだけ木々に隠されていても、その存在をこちらに知らしめる。

「帰ってくるならば、いいなと思って」

言ってから、自分の発言に自分で驚いた。

どうしてそんなことを口走ってしまったか自分でも分からない。それは一度も口にしたことのない思いだったから。

アダマスが何も返してこないのは幸いだった。安達は自然になるよう意識し、「それにしてもこの国は」と続ける。

「裕福のようだ」

「なぜそう思ったのですか」

ミリアリティ物語で、少年が連れていかれた国が豪勢だったろう」

ミリアリティ物語は庶民の間で流行った物語だと聞く。

「庶民が描いた物語にしては、夢が煌《きら》びやかだ」

「ええ。金《きん》の国の、魔法で造られた城ですからね」

「民度が表れるものだ。たとえ夢の世界でも貧しい者が描いた夢はたかが知れてる」

異世界に連れていかれた人間の話は古今東西いくらでも存在している。しかし貧しい時代に庶民の間で流行った物語は、異世界も貧しい。鬼や天狗《てんぐ》に連れ去られた者の行く先は、貧相な洞窟《どうくつ》であったり、四季を全て掌握した豪華な城であったり、その時代の貧富が表れるものだ。

「この国は美しいんだな」

この馬車は日没を待っている。

ちょうど、先を急ぐようにして海の向こうへ陽が沈んだ。相変わらず尋常でない速さだ。昼間はあれだけ、いつまでも天で燦々《さんさん》としていると言うのに。

アダマスが囁《ささや》いた。

「転移します」

彼はいつの間にか杖を指に挟んでいる。こつ、と馬車の壁に杖先が触れれば、そこから金色の炎が生まれ、馬車はあっという間に飲み込まれた。

転移した先はゴラッド公爵の城付近で、そこから数分馬を走らせて門前に着いた。

出迎えてくれたのは屋敷の使用人たちだった。安達はベールのようなもので顔を覆うようにされて、「以降、声は出さないように」とアダマスに指示された。

「アダマス様、お待ちしておりました」

背広を着た男性が頭を下げる。女性たちが後ろに控えていた。

「叔父上は」

「城内に」

案内されるまま進んだ。皆、視線を伏せており、アダマスや安達と目を合わせようとしない。高貴な方を直で見てはならない。これがこの城の礼儀らしい。

表は明るいが、夜だからか、外観はおどろおどろしく感じた。スポットライトもないのに、城全体が青く発光している。月の光が白い外壁に反射しているせいだろうか。

導かれて、城内へ足を踏み入れる。リングを確認したが特に何か反応を示した様子もない。

城は豪華絢爛《けんらん》な造りだった。以前フランスへ用事があった際に訪れたルーブル美術館で、貴族の居室にこんな部屋があったなぁ、と思い出すような客室へ通される。

「ゴラッド様をお呼びいたします。暫《しばら》くお寛《くつろ》ぎくださいませ」

執事が出ていくと、アダマスとスティリー、そして安達のみになる。

声を出してはならないと言われたからお望み通り黙っていたのに、アダマスは、

「アダチ、この城で盗んではなりませんよ」

「……」

なぜ話しかけてくる。怪訝《けげん》に思い見ていると、アダマスは嬉《うれ》しそうに微笑んだ。

「それでよろしい」

「アダマス」

その時、扉が開いて、男が一人と侍従の女が入ってきた。

アダマスはすっと腰を上げ、「叔父上」と微笑みを向ける。

「久しぶりだな」

「えぇ。叔父上もお元気そうで」

「あぁ」

しかしそのアダマスの微笑みは直前に安達へ向けたものと違って、一切の熱のない形だけの笑顔に見えた。

魔法がかけられているのか、ベール越しでも裸眼のように視界がはっきりしている。安達は、『ゴラッド公爵閣下』を見て意外に思った。

彼が存外若い見た目をしていたからだ。

「突然ご挨拶《あいさつ》に伺って申し訳ありません」

「いや、構わないよ」

四十歳前後だろうか。アダマスの叔父で邪《よこしま》な企《たくら》みを持つ権力者だと聞いていたから、贅肉《ぜいにく》腹の出た中年を想像していたが、現れたのは安達の予想を裏切る人物だった。

顔は整っており、清潔感もある。髪はブロンドで、洒落《しゃれ》た衣服を着ている。そうか、腐ってもアダマスの縁者なのだ。美の血が流れているのだろう。

にこやかな笑みがよく似合っていた。一見裏もなさそうな雰囲気である。これは面倒だ。

「それで、早速だが用件は」

「はい」

アダマスもにこやかに笑んで、安達の肩を抱いた。

「私の妻を紹介したく馳《は》せ参《さん》じました」

ゴラッドは金色の瞳《ひとみ》で、アダマス、そして安達へ目を向ける。よく響く声で、問う。

「そのベールは」

「妻は偶然、摩訶不思議《まかふしぎ》な国から落ちてきたようで」

「……」

「その際から私以外の者に顔を見られるのを嫌がっております」

「摩訶不思議な国、か」

会話が進むごとにその言葉の数だけ緊張感が増していく。安達の肩を握る彼の手に力は込められていなかったが、それよりも、全身にのし掛かる重圧を感じた。

ゴラッドの視線だ。

「美しく聡明《そうめい》なので私の妻としました」

アダマスは言い切って、笑みを深くする。

机を挟んで、ゴラッドは椅子に腰掛けている。距離はあった。テーブルも、精巧な造りをしたソファも、充分な空間を空けて配置されている。

しかしゴラッドの声は耳元で囁かれたように近く、心に侵食してくる。

「分かっているのか」

アダマスは安達を抱いたまま、ゴラッドを見下ろしている。

「お前は軍神だぞ」

「神が人間を愛することもありましょう」

ゴラッドが身体を揺すった。ゆらり、と肢体の力を抜くように。

アダマスは微笑みを保ったまま、低く言った。

「神となった私も、かつてはただの魔法使いでした」

「……はは」

その笑い声は、地中奥深くから届くようだった。

ゴラッドが腰を上げる。そこで初めて、アダマスの手に力が込められた。

「ただの、か」

金色の瞳が濃さを増す。ゴラッドは嘲笑《あざわら》うように言った。

「国殺しが」

「どちらが」

アダマスが言い返した瞬間、突然床が消えた。

「アダチ」

アダマスが耳元で囁く。

「下を見るな」

あまりのことに息を呑《の》む。床は消えたのではなく、海に変わったのだ。

ざぁっと透き通る青が足元に広がり、波が目の前で飛沫《しぶき》を上げ、それはソファやテーブル、家具を次々に飲み込み、ゴラッドまで及ぶと、一気に色を変えた。

夜に堕《お》ちていく。鮮やかな青は深い紺に変わり、波も激しく轟音《ごうおん》を立てた。広い客室の壁に打ち上がり、そのまま天井まで波が届くと、部屋は深海に沈んだ。

息が詰まりそうだった。息をしていることに慄《おのの》いた。アダマスは一つも表情を変えることなくゴラッドを見据え続けている。

深海はどこまでも深く、何千メートルも、いや、終わりのない闇が足元に広がっているようだ。上も下も逃げ場がない。溺《おぼ》れて、海に閉じ込められて、沈んでいく。

見るなと言われても、これは感じてしまうものだ。否応なしに生命の危機を思い知らされる。宇宙に投げ出されたような途方もない孤独と虚無が安達の心を巣食う。

あぁ、怖い。

——これが魔法か。

心臓を押《お》し潰《つぶ》されそうな緊迫感で勝手に身体が震え始めた。

するとアダマスが左腕でより強く肩を抱いた。

「堕とそうとしても無駄ですよ」

その声は、まるで天界から囁かれるようだった。深海を割って差し込む一筋の光のような。

「私の加護を与えました」

「……貴様」

心に巣食った恐怖の闇が、たちまちアダマスの声で溶けていく。

瞬間、アダマスが右腕を安達の前で突き上げる。そのまま、一気に幕を引くように海を剥《は》がした。

アダマスの切り裂いた箇所から光の炸裂《さくれつ》が起きて海が焦げていく。彼が腕を下ろすと、二人の足元が白く弾《はじ》け、一面が高速で白く変化した。

「叔父上」

アダマスは言いながら腰元から刀剣を引き抜いた。そのまま突き立てるようにして白い海へ振り下ろす。

「皇帝は国ではない」

鋒と白が触れ合うと、その箇所からガラスのように……宝石のように広がり、全ての海が凍った。

あまりの眩《まばゆ》さに安達は目を細める。アダマスの魔力は圧倒的だった。

まだ荒れ狂おうとする海を光の宝石が閉じ込めている。アダマスが唇だけで何かを呟《つぶや》く。そうすると一瞬で全てが割れて、煌びやかに散っていった。

現れたのは元の部屋だ。ゴラッドは為《な》す術《すべ》なく立ち尽くし、青筋を立ててこちらを睨《にら》んでいる。

アダマスは剣を一振りすると、すぐに腰へ戻した。

「お戯れを」

ゴラッドは無言でいる。

アダマスの魔力は、圧倒的、なのだ。

ゴラッドがソファに腰を下ろした。その様子は未《いま》だ威厳を保ったままで、顎《あご》で促され、アダマスも着席を求められる。

しかしアダマスはそれに応じなかった。安達は肩を抱かれたまま、グッと彼に引き寄せられる。

彼の銀色の長髪が目の前で揺れた。同時に、安達の顔を覆うベールが風を含んで揺れる。

少しだけ、ベールが浮いて安達の顔を覗《のぞ》かせた。あ、と思った瞬間にはゴラッドと目が合っている。

あれだけ凶暴な魔力を渦巻かせておいて表情一つ変えなかったゴラッドが、安達を目にして一瞬だけ目を丸くした。

アダマスの声が落ちてくる。

「私たちは城に帰ります」

僅《わず》かに、おかしそうに揶揄《やゆ》を孕《はら》んだ声だった。

「叔父上、お時間を割いていただきありがとうございました。それでは」

問答無用で強引に方向転換させられてしまう。ゴラッド公爵はまだ何も言ってないのに、アダマスは安達を連れて部屋から出ていく。

背後からただならぬ怨念《おんねん》が追いかけてくるような気がした。そしてそれは実際、気ではなく、ふと振り返ると、黒い液体のような影が安達たちを追ってくる。

「振り返らないでいい」

アダマスは前を見つめたまま言った。

「進みなさい」

アダマスは一歩一歩、ゆったりと歩む。しかしその一歩は大人の五歩ほどの距離だった。きっとこれも魔法なのだろう。

城を出ると中庭の、青い薔薇《ばら》の園が見えてくる。これを抜ければ門前だ。アダマスはある一点を見つめているように視線を逸らさない。安達はその横顔を見上げて、彼に付き従った。

いつの間にか部屋から消えていたスティリーが馬車の近くで佇《たたず》んでいる。扉の開かれたそこへ二人が乗り込むと、一瞬の隙もなく馬が走り始めた。

来た時と同じように、アダマスと二人向かい合う。アダマスが杖《つえ》を取り出した。安達の眼前に突き出し、彼が微《かす》かな声で、

「綻《ほころ》びを」

と唱えると、ベールは砂のようなゴールドの宝石に変わり溶けていく。

数秒の沈黙があった。口を開いたのは、安達だ。

「なぜ海なんだ」

アダマスは馬車の壁にもたれる。

「青ければ何でも良いのです」

「ゴラッドの魔法か」

「えぇ。海や空、花や光。彼はいつだって青を使う」

「色に特性があるのか」

「さぁ。彼の趣味じゃないでしょうか」

　ふと手元を見下ろすと、アダマスから授かった指輪の赤い宝石が、縁だけ青く染まっている。見つめているとそれも溶けていった。元のルビーに似た赤へと戻る。

「叔父上は他人の心底を見透かしますから」

　安達は顔を上げた。

「……アダチが海と関連しているのでは？」

　数秒見つめ合う。アダマスのその瞳もまた、安達の内心を探るようだった。

　安達はリングを見下ろした。赤い宝石を目にしていると不思議と心が休まっていく。アダマスの問いかけには答えなかった。リングを見つめたまま唇を薄く開き、囁《ささや》く。

「君、わざとベールを浮かせたろう」

　視線だけ上げて上目遣いで彼を見つめる。アダマスは悪戯《いたずら》っぽく微笑んでいた。安達が質問に答えなかったことに腹を立てた様子はない。

「バレましたか」

「なぜ余計なことを」

「貴方の女神のような、ご尊顔を自慢したくて」

「……君の叔父上は変な顔をしていた」

「美しさに驚いたのでしょう」

今度はもう歯に衣着せぬ物言いだった。アダマス自身もかなり心労したのか、明け透けに、「自分で召喚しておいて顔も把握していないとは」と皮肉っぽく唇の端を上げた。

「愚かな男だ」

「君たちの仲がかなり深刻なことは伝わった」

「まさかいきなりアダチを堕としにかかるとは思いませんでした」

「堕とす？」

「精神を掌握しようとしたんですよ。絶望を見せてね」

絶望へ突き落とし、そこから救った先をゴラッドの心にするつもりだったのだ。

つまりあの海が、安達にとっての絶望を意味する。

「へぇ……」

安達は心からおかしく思った。

――見当違いだ。

「加護をかけておいてよかった。アダチを守る魔法と、叔父上の呪術を破壊する魔法を同時に扱うのは面倒だ」

「けれどこれは、君の精神を消耗するんじゃないのか？」

アダマスは二つほど瞬きした。明確な答えは出さず、「……なぜそう思ったのですか」と呟く。

「単に、君が疲れてると思ったからだよ」

「……」

「間違っているならすまない」

「……いえ」

アダマスは数秒の沈黙の後、「まぁ、そうですね」と案外素直に認めた。ぼんやりと安達のリングを眺め、また一度頷《うなず》く。

「アダチへの攻撃は私にも影響します」

「ならば先ほどのあれはかなり消耗したのか」

「いいや」

アダマスは軽く首を左右に振った。

「腐っても神ですから」

彼はそれでも、美しく微笑んでいた。人間のしたことを赦すような微笑みだ。慈悲深さだけで構成された、それは微笑みというより、慈しみそのもの。

地獄の世界に『笑い』は存在する。しかし神の世界にそれはなく、『微笑み』だけが在るのだと聞いたのはいつであったか。

アダマスは微笑みを引っ込めると、「私を消耗させたのは貴方ですよ」と付け足した。

「は？」

「アダチは傾国の美女となってしまったから、危うく惚《ほ》れられてしまわないか心配で」

「言ってることとやってることが違いすぎる」

神の戯れを一蹴《いっしゅう》し、早速安達は収穫物を取り出し始めた。

突然懐から物を取り出し始める安達にアダマスが表情を変えたのが分かった。怪訝《けげん》そうに片目を細めてじっとこちらを観察している。

とにかく髪が邪魔だ。まずはこれをどうにかしたい。初めに迎え入れてくれた執事からくすねた短刀でザクザク髪を裂き始めると、黙っていたアダマスがようやく口を開いて、

「それ、どうしたんですか」

「拾った」

「……」

ひとまずこれぐらいでいいか。肩上までに長さを調節し、あとはクロエに任せることにした。

それから、唯子への土産として部屋からくすねたブローチを取り出す。あの部屋の棚に飾られていた骨董品《こっとう》の一つだ。盗む気はなかったけれど、ふと少女の顔が浮かんでつい懐に入れたものだ。

「それ、どうしたんですか」

「拾った」

「……いつ？　私はずっとアダチを見ていた」

「君が見ていたことくらい知っている。けれど君は全知全能のゼウスじゃない。目は二つしかないだろ」

「……」

「厄介な魔法がかかっていないか確認してくれ。二階堂さんに渡そうと思う」

「……問題はなさそうです」

「そうか」

それと、謎の闇に追われながら城を後にしている途中で盗んだ青い薔薇を取り出した。アダマス城の庭師や女中が感想を欲していた、ゴラッド城の青い薔薇だ。じっくり見ている暇はなかったが、感想を伝えられないのは悪いなとぼんやり考えて、とりあえずくすねておいた。

「それ、どうしたんですか」

「拾った」

「……」

「魔法や呪術の類はどうだ」

「問題は、なさそうです」

「ふぅん」

確かに綺麗《きれい》な薔薇だが特に思うことはない。だが彼らは喜ぶのだろう。安達は収穫物を鞄《かばん》に詰めて、薔薇だけ膝《ひざ》に置いた。

アダマスは、珍しく眉間《みけん》に皺《しわ》を寄せて、呆然《ぼうぜん》とそれらを見ていた。

「ゴラッド公爵の城から盗むなと言いましたよね」

アダマスが怪訝そうにこちらを見遣る。安達は首を傾げた。

「あれは、言われた通り俺が声を出さないか試しただけだろ」

アダマスは真顔のまま、それからは何も言わなかった。

安達は薔薇を今一度眺める。黄金の炎が生まれて馬車が覆われた。一行はアダマス城に移行した。


真夜中、安達はふと目を覚ました。

眠りは深い方だ。それなのに真夜中に目を覚ますなど……暫《しばら》く天井を見つめてぼうっとしていたが、ふと身を起こす。

着物に着替えて部屋を出る。城内は寝静まっていたが、女中と警備の者が数人起きているようで、「あらアダチ様眠れないの？」と話しかけてきた。

「外を散歩しようと思った」

「庭ならお赦しになられていますよ」

安達は「そうか」と返し、外に出た。

広い城だ。森は近いが結界が張られているようでここに魔獣が侵入してくることはない。安達は、敷地内でまだ散策していない場所へ向かった。庭師と歩いた箇所はあらかた把握したが、この辺りの奥深い庭はまだ探っていない。

アダマス城の庭は面白い。イギリス式庭園のように絵画かのような風景美が堪能できる庭もあれば、貴族性を表したフランス式庭園も城前には広がっている。相反する二つを兼ねている上に、一面チューリップやポピー、コスモスなど鮮やかな花の広がる丘も在る。

庭師の数が中隊規模なだけある。安達は心から感心しながらここ数日庭を堪能していたが、それだけに、まだ未開拓の地もあった。

あぁだけど、ここには日本式庭園はない。

これらの庭の発想の起源がどこに帰属するのか安達には想像もつかないが、竹林や梅林、和風庭園は存在しない。仕方ないようにも思えた。似合わないし。

この辺りも英国式に近い。自然をそのまま愛《め》でるような風景が続いていた。

月の青白い光が草花を照らしている。薔薇の数が次第に少なくなっていった。するとフォリーが唐突に現れる。

少し休んで煙草でも呑《の》もうかと思った、その時だった。

「ここには幽鬼が出るよ」

振り向くと、金色の髪をした男が立っている。

安達は無言で彼を見つめた。

男は微笑みを口にたたえて、言った。

「珍しいね。この時間にアダマスの屋敷の者がいるだなんて」

ブロンドの髪が夜風に揺れている。赤い布地にシルバーの刺繍《ししゅう》が施された衣服を流すように着ている。
二、三十代ほどの男だった。こうも綺麗な人間は年齢不詳なところがある。細身ではあるが、胸元

が大きく開かれていて鍛え上げられた身体が見えていた。随分ゆったりとした衣装を身に纏《まと》う男は、黙り込む安達に対し、

「頻繁に幽鬼が出ては、彷徨《さまよ》っている」

「だから城の連中は近寄らないのか」

「そういうこと」

「幽鬼……君は恐ろしくないのか」

「俺が？」

男は柔らかく微笑んで、安達の傍をスッと通り過ぎた。

安達は亡霊などここに来てから一度も見ていない。むしろ、音もなく気配もなく現れたこの男こそが幽鬼に思えた。

「俺には恐ろしいものなど一つもない」

フォリーの中の椅子に腰掛けた男はそう言って、顎先《あご》で安達を呼んだ。

彼に促されるまでもなく休む予定だったので、たいして迷わず腰掛ける。フォリーの向こうには小さな湖が広がっていた。ただの池なのかもしれないが、この辺りには湖が多いようなので、これもその類なのだろう。

水面《みなも》に月の光が映っている。フォリーの白い側面に反射して神秘的な雰囲気を漂わせていた。

「夜警の類ではないようだね」

「居候だ」

「ふうん。こんな真夜中に徘徊《はいかい》する居候か。珍しい服を着ている」

「俺の故郷の衣服。君は何者だ」

「あぁ……だと思った」

男は意味深なことを口にし、足を組んでだらりと窓枠に頬杖《ほおづえ》をついた。

意味深な発言に言及するほど安達も意欲的ではない。男は、自分の肩書きについては伏せて名前だけ示した。

「マカリオスだ」

「安達」

「君の名が？」

「あぁ」

「安達、お前は幽鬼が恐ろしくないの？」

瞳《ひとみ》には、アダマスと同じ赤い宝石が収まっていた。ここの世界の住人には赤い目が多いらしい。安達は、暫く考えて、答えた。

「会ってみないことには」

「……おかしな男だ。視《み》る、ではなく会うか」

「元は人だろう」

「けれどこの世のものではない」

それは決して虐げる口調ではなく、明確に線を引いただけだった。

安達は数秒置いて、「そうだな」と認める。

その通りだ。この世のものではない。湖を眺めていたマカリオスの視線がこちらに向けられた。

「安達はこの城で何をしている」

「別に何も」

「アダマスとは会ったのかい？」

「彼の知り合いなのか」

「でなければここに居ないだろ」

安達は「まぁそうだな」とまた口にして、持ってきた私物を鞄から取り出し始めた。マカリオスが静かに呟《つぶや》く。

「何だそれは」

「これか？　女中の方が俺にくれた鞄だ。花の刺繡が綺麗だろう。案外物が入って助かっている」

「そうじゃなく」

「酒。寝酒のつもりで持っていたんだが」

「寝酒って量じゃないね」

「君も呑もう」

適当に場所を見つけ、夜警の誰かを誘うか一人酒をするつもりだったが、相手を得られて幸運だ。

グラスは二つある。青みがかったグラスを差し出すと、マカリオスはゆっくりと瞬きし、受け取ってくれた。

「面白い男だね。見ず知らずの人間を誘うなど」

「俺にとっては殆《ほとん》どの人間が見ず知らずだから」

「酒は何」

「ブランデー。割りものはないがいいか」

「構わないよ」

マカリオスはこぼすように笑って、安達の酒を受けた。

盃《さかずき》を軽く上にかざして、それぞれ「乾杯」「ユークリットに」と口にした。当然ではあるがこの皇国の国民のようだ。かなり緩やかな着こなしではあるが、上等な衣服を身につけている。身分の高い者であることは猿でも分かる。

そういえば、アダマスもまた高貴な血の者なのだろう。この世界に落ちてきたばかりの安達や唯子に対して彼は『お楽に』などと言った。軍神以前に、元の血筋が高潔でなければ、あぁは言わないはずだ。貴族の類なのはその時点で分かっている。

公爵家の男を叔父にもつのだから彼も相当だろう。推察はするがあまりアダマスについて探ってはいない。それよりもこの国は摩訶不思議《まかふしぎ》が多すぎて、魔法や森軍・境界軍について訊《たず》ねることが多かった。

「幽鬼とやらを君は視認したことがあるのか」

「あぁ。しょっちゅう」

マカリオスは答えた。口調は軽やかであるが、この男も高貴な男に違いない。衣服以前に歩き方がまず違っている。高貴な人間はなぜ皆、同じような歩き方をするのか。

軍人には軍人の、泥棒には泥棒の歩き方がある。同じ軍人でも国によって歩き方は違う。とても分かりやすい区別の付け方だ。

それにしてもマカリオスは異質なようだけれど。

「しょっちゅう視たところで彼らが何もしてこないなら、どうして城の連中が怖がる必要がある」

「理屈じゃないんじゃないかな」

「本能？」

「恐怖は心を掌握するから」

「それに」とマカリオスは淡い微笑みのまま続けた。

「何もしてこないわけじゃない。彼らは生者を呪う」

「呪術か」

「彼らの存在自体が呪いなんだよ。死んだからって幽鬼になるわけではない。何か思うところのある霊魂が残って、怨念《おんねん》が肥大化する。やがて人だけでなく、草木や妖獣をも呪ってしまう」

「だから城の者は怖がっているんだな」

「そう。生者を呪いたくない幽鬼はただじっとしている。この湖畔に時折現れるように」

「君は幽鬼に会いたくてこの畔《ほとり》にやってくるのか？」

マカリオスは目を丸くした。湖畔を通した月の光が赤い瞳に滲《にじ》む。

薄い唇を開き、吐息と共に言った。

「俺は、何かと出会いたくてここに来ているんじゃない」

「あぁ、すまない」

「……本当に、面白い発想をする」

「幽鬼に襲われたことはないのか」

「彼らは俺に近付けないさ」

マカリオスは目を細めた。

こうして眺めていると、神のような服飾も相まって、彼も貴族というより人智を超えた何かなのではないかという気がしてくる。

月の光は彼に降り注ぐためにあるが如く、マカリオスも美しい男だった。伏し目がちにすると長い睫毛《まつげ》が煌《きら》めく。金色の髪は仄《ほの》かな風に揺れ、ときおり白く輝いた。

アダマスといい、マカリオスといい、現世ではお目にかかれないほどの美麗な男たちばかりだった。もしも安達の世界にいたら彼らは異質として扱われるだろう。この美しい国は美しい彼らが存在するために用意されたみたいだ。

『近付けない』の意味を追求するには、マカリオスについて知らなすぎる。安達は特にコメントせず、酒を含んで草木を眺めた。

ゴラッド公爵の庭園も薔薇《ばら》が鮮やかだった。薔薇といえば英国だ。ここは皇帝の治める皇帝国のようだけれど。

島国のくせして皇帝国とは、この世界でも目立つ存在だろう。転移の魔法があるのなら納得だが、そうなると、我が国はなぜ海を渡ってまで大日本帝国を名乗ったのか。無謀な真似をする。だがそれは英国も同じか……。

考えていると、マカリオスが神の微笑みのまま言った。

「幽鬼を恐れた？」

安達は酒を飲みくだし、答える。

「会ってみないことには」

「ははっ！」

マカリオスは心からおかしそうに笑った。

「さすがだね」

「楽しそうで何より」

「安達には恐ろしいものがないのか？」

安達は呆《あき》れて言った。

「いや、君じゃないんだから」

「なら例えば何？」

「すぐには思いつかない」

「あははっ」

ゴラッドが安達を襲う魔法に使ったのは海だった。

ゴラッド閣下の解釈では、安達にとって恐ろしいものは海のようだけれど、自分自身ではそうは思わない。

本物の絶望を生み出したのはもっと別のものだ。

そしてその正体を、安達も知らない。

知ろうとも思わない。安達はあの瞬間確かに絶望したが、しかしアレの本質は持続性だ。その絶望は長い時間をかけて安達の心を破壊していった。

そして生きている。心は破壊されても残骸《ざんがい》は死ななかった。珍しいことではない。誰しも皆何かに絶望し、恐れ、それでも生きている。

心の闇とはいうが、心にはいつだって闇がある。どの色をした闇なのか。それを解き明かさなければ己は見えてこない。安達はゴラッド公爵の海を思い出した。深い青……青は時に黒よりも深く闇を表す色だ。

あぁだけれど幽鬼は、死んでしまったのか。

「魔法で」

安達がふと呟くと、マカリオスは「ん？」と目を細めた。

「魔法で死者を蘇《よみがえ》らせることはできないのか」

「できないよ」

安達は無言で彼を見つめた。

マカリオスは、安達の黒い瞳を見つめ返す。

「取り戻すことはできない。人の命も、歴史も。だからこの国は失われないように守っている」

この国の名は、ユークリット皇国。

島に存在する皇帝国である。いくつか支配する国をもち、国土の大半を魔獣の住む森に覆われて、他国からの侵略を防ぐのに軍を費やしている。

被支配国とこの国を守るためだけに軍を使う。その大将には神の座が与えられ、誰も打ち破ることはできない。

防衛に命を捧《ささ》げた国だった。けれど。

「君は、守ることができると思っているのか」

安達は不意に呟いていた。

マカリオスが少しだけ目を丸くした。自分でもハッとしたが、声に出してしまったものは戻らない。

安達は深く息をついた。視線だけで見上げるようにしてマカリオスを見つめ、軽く笑う。

「すまない。放念してくれ」

「俺は守るさ」

しかしマカリオスは力強く言い切った。

安達は口を噤《つぐ》む。

彼は、許すように笑った。

「確かに、全てを救うことはできない」

湖面から訪れた柔らかな風がフォリーを通り過ぎて、マカリオスの金色の髪を揺らし、そして安達の頬を撫《な》でた。

「それでも俺たちは守らなければならない。この国の人々を……軍隊は生命を守るために、町の人々は文化を、政治は秩序を守る。朽ちていくものはあるさ。時代は後戻りしないからな。そうなった時は潔く別れを告げよう。留まっているなら滅びるだけだ。過去を想《おも》いながら、そして未来へ繋《つな》ぐために、俺は今を守ると断言する」

赤い瞳《ひとみ》は昼であろうと夜であろうと確かな決意に燃えている。その炎は際限ない希望の根源のようだった。

安達は二の句が告げなくなって、ただマカリオスを見つめた。彼の背の向こうの空が微かに白む。まだ世界は闇に包まれたままだが、夜が明けようとしているのだ。

マカリオスはまた微笑み、グラスの淵《ふち》に唇を寄せた。安達は右手を見下ろした。赤い宝石の埋め込まれたリングはここにない。しかしこの万能感はなんだろう。

「マカリオス……」

口を開いたその時、湖面からの風が冷たい冷気に押しやられた。

あっと思った瞬間には身体全体に負荷がかかっている。マカリオスが目を見開いてこちらを見つめていた。彼は静かに、囁《ささや》く。

「霊鬼だ」

振り向くとフォリーの入り口に黒い塊が渦巻いている。

塊はその場でじっとしていた。ときおり破裂したように黒を高く立ち上らせて、収縮する。

いつの間に現れたのか。その得体の知れなさを前にし、背筋に悪寒が走る。一帯の温度が一気に低下し、安達の足元から凍らせようとしていた。

「安達、こちらに来い。それは君を呪おうとしてる」

先ほどのマカリオスの言葉通り、霊鬼は彼に近寄ろうとしなかった。

これは一体何だろう……輪郭は不確かなのにそれが震えていることは分かった。安達は小さく口を開いた。

「呪われるとどうなるんだ」

「いいから来い」

「マカリオス」

「……肉体が腐食したり、精神がやられたりと様々だ」

「人を呪うと彼らは楽になるのか」

「は?」

マカリオスは啞然《あぜん》とした。安達は横目で彼を見つめる。

「そうすれば消えることができるのか」

「……それはないよ。呪えば呪うほど霊鬼は力をもつ」

「けれどこれはこのひとけのない畔にしか訪れない」

「……安達、こっちに来い」

声に緊迫感が増した。慎重さの中に咎《とが》めるような怒りが滲んでいる。

「どうすれば彼らは消えることができる」

凄《すさ》まじい冷気だった。氷点下をとっくに通り過ぎて全身が痛み、指先が震え出す。

マカリオスは声を低くした。

「朝陽だ。だがそいつらは朝日を怖がり、自分から向かおうとしない。暴れる霊鬼は魔法軍が捕獲し、呪術を施した牢《ろう》に閉じ込める。そうして朝陽に晒《さら》し、処理している」

黒煙が爆発したように五メートル近くまで立ち上る。

安達は「そうか」と言い、腰を上げた。

「安達っ！」

押し殺したような声でマカリオスが叫んだ。同時に杖《つえ》を取り出したのを視界の隅におさめる。

安達は足を引き摺《ず》るようにして霊鬼に歩み寄り、跪《ひざまず》く。

「君は死んだのか」

霊鬼は声をもたない。

だが答えるように……怒りや恐れ、悲しみを表すように黒い靄《もや》が一層激しく渦巻いて安達の肢体を飲み込んだ。心まで凍りつくような冷たさだ。全身がガクガクと震えてくる。

「君は」

安達は声を潜めて、唇が切れるのも構わず語りかける。

靄が引いてまた天に昇る。背後でマカリオスが警戒しているのが分かる。それを知っていて安達は、制するように語りかけた。

「一人でこの湖に来たんだな」

じきに夜が明ける。もうすぐ湖畔の向こうで、水面《みなも》から太陽が頭を覗《のぞ》かせる。

この畔が一番に朝に触れるのだ。

安達は霊鬼に語りかけた。

「辛《つら》かっただろう」

すると霊鬼は一瞬だけ氷のように固まった。また爆発が起こった。安達の全身へ浴びせるように黒い靄が襲い掛かり、視界が闇に染まる。

それは黒というより深く濃い青だった。終わりのない深海に突き落とされる。心の中を冷たい手で掻《か》き回《まわ》される気分だった。

けれどこれは、霊鬼が纏《まと》う世界なのだ。彼の世界はこれだけなのだと。

「おいで」

安達はどこともなく呟《つぶや》いた。

「黄泉《よみ》の国へ帰ろう」

届いたかは分からない。

しかし闇の彼方《かなた》に光が滲《にじ》んだ。

それは遠い海岸線を白ませる朝陽のようだった。

闇の中で瞬きすると、——視界が開けていた。

安達を覆っていた靄が、ゆっくりと、引いていく。

湖面のごく微かな波が、小さく小さく煌《きら》めき、揺れ始めている。まだ姿を現さない朝陽が空へ染み

込んで、世界の光が蘇り始めていた。

「共に朝陽を迎えようか」

安達は彼だけに聞こえるよう囁く。微笑みかけながら。

「君にほんとうの光を見せてやる」

——その瞬間、湖面の向こうから白い太陽が顔を出す。

光は一瞬で湖面に広がり、世界は圧倒的な輝きを得て騒ぎ出した。空が真っ赤に燃える。太陽から生まれた日差しが一直線に安達と霊鬼を照らす。

朝陽が放った光の矢は霊鬼を貫いた。すると渦巻く靄が凍りその瞬間から弾けるように溶けてゆく。

……失われたものは戻らない。

ならばどこへいく。

彼らが逝く先を見失っているならば、教えてやろう。

安達はそこで初めて、自分が彼の手を握っていたことに気付いた。

黒い靄が溶けて現れたのは少年だった。安達に手を握られながら、呆然《ぼうぜん》と太陽の光を見つめている。ただ揺るぎないものに見惚《みと》れ、焦がれるように。

やがて安達に目を向けると、唇を閉じたまま微笑んだ。白い光の粒が安達の腕に落ちる。彼の涙だと知ったのは、少年が消滅した後だった。

生まれたての朝陽がこの世界を揺さぶり、落ち着いた頃にはもう、霊鬼は跡形もない。とても長い時間のようだったけれど、ごく一瞬だったのだろう。

マカリオスの声がした。

「……安達」

その声が心に滲んだ途端、安達の全身から力が抜けた。

その場にドサリと倒れ込む。「安達！　生きてるか!?」とマカリオスが身体を起こしてきた。前から力が失《う》せていたのを今更身体が認識したようだ。

心臓だけ忙しなく脈打っている。息が荒れて過呼吸になりそうだ。少年に触れていた方の腕が指先から肘《ひじ》まで黒く変色している。安達は腕を見下ろしながら呟いた。

「焼けるように痛い……」

「だろうな。しっかりしろ、すぐに俺が――」

「陛下」

瞼《まぶた》の力も失われ目を閉じていた安達は、その声に薄く目を開いた。

そこにはアダマスが立っている。

荒く息を吐きながら安達を見下ろし、もう一度言った。

「マカリオス皇帝陛下、お下がりください」

皇帝、陛下……。

マカリオスが身を引いて、その代わりにアダマスが跪き安達を抱えた。

安達はアダマスを見上げた。彼は悲痛そうに顔を歪《ゆが》め、それから深く息を吐く。

その向こうにいるマカリオスが頭上に杖を掲げた。フォリー全体を覆うような光のカーテンが生み出されていく。

アダマスが真剣な瞳で見下ろしてくる。そして、安達を強く抱きしめた。

アダマスの鼓動が安達に伝わる。導かれるように心臓が落ち着いていった。リズムが合わさる頃、アダマスはそっと身体を離し、しかし腕の中に抱えたまま、安達の頬を撫でる。

心臓すら凍るようだった身体に暖かみが灯《とも》る。

アダマスは変色した腕を取った。手首の辺りに唇を落とすと柔《やわ》い光が宿る。

白い光の膜が広がった。腕の燃えるような熱と痛みがその箇所から引いていく。ゆっくりと、元の色を取り戻し始める肌を力なく見下ろしていた安達は、

「アダチ、眠りなさい」

アダマスの声でとうとう意識を失った。

体力が回復するまでに一ヶ月もかかった。全治一ヶ月の呪い。軽いのか重いのかよく分からない。ただ、幽鬼の靄に触れるだけでなくその核心に触れて死なずに済んだのは凄まじい幸運なのだと治療を施してくれた魔術師たちは驚いていた。

これしきで済んだのは、アダマスの神の加護と、マカリオスの魔法があったからだと言う。死を免れたのは彼らのおかげだ。

「乗馬は初めてだ」

すっかり回復して馬に触れているのは、隣の男のおかげなのである。

「初めて？」

アダマスは眉根《まゆね》を寄せた。

「言うのが遅すぎませんか？」

「すまない」

「……」

よく晴れた朝だった。雲一つない晴天が城の敷地内を照らしている。

安達は馬を撫《な》でて、「よろしくな。ディープインパクト」と笑いかける。馬がヒヒンと鳴いた。なぜ鳴いたのか。どういう意味で鳴いたのか。アダマスは眉間《みけん》の皺《しわ》を深くした。

「それ、どういう意味ですか」

「競馬ですよ」

颯爽《さっそう》と馬に乗って現れたのは唯子だった。「アダマスさん、高いところからすみません」と軽く頭を下げる。

「構いませんよ。すっかり馬の扱いに慣れましたね」

「えぇ。楽しいです」

「二階堂さん、お嬢さんのくせしてギャンブルには詳しいんだな」

唯子は呆《あき》れたように息をついた。

「それくらい私だって知ってます」

「そうか」

そうなのか？　分かるものなのか。最近の女子高生が一昔前の馬などを。

「二階堂さんは乗馬ができるんだな」

「安達さんが眠り姫の間に私も練習したんです」

すっかり熟《こな》れた動作で馬から降りる。鼻筋を撫でてやって、手綱を押さえた。

「へぇ。将来、騎手になるのはどうだ。君に賭《か》けよう」

「ギャンブルに盗みに酒に煙草に女に、安達さんは不埒《ふらち》な人ですね。それではアダマスさん、私は失礼します」

乗馬を朝の日課としていたらしい唯子は手綱を引いて厩舎《きゅうしゃ》に帰っていく。途中で女中が合流して何やら楽しげにしていた。

「女？」

残された安達は首を傾げる。何のことか分からない。アダマスが、なぜか不機嫌そうに問いかけてきた。

「女とは何ですか」

「さぁ」

「この一ヶ月で誰かに手を出したんですか」

「いや、寝込んでいただけだ。君が一番傍にいたんだから分かるだろ」

アダマスは真顔で安達を見つめた。安達は美人の真顔の迫力に半ば狼狽《うろた》えつつ、「なんだその顔は」と一歩引く。

『幽鬼』と接触してから安達は一ヶ月寝込んでいた。その間アダマスは毎晩部屋に訪れてくれた。

勝手に幽鬼に関わり死にかけたことに関してアダマスは何も言わず、あの聖なる光を灯し続けた。勿論《もちろん》治療を施してくれる魔術師もいる。だがアダマスは仕事を終えると真っ先に安達のもとへやってきては、治療に加わり、安達と何か話をしたり、しなかったり。

初めの方は殆《ほとん》ど眠っていただけだが、最後の一週間は通常の生活リズムを取り戻していた。だが身体は重く、安達も無理をしてまで部屋を出ていこうなど思わなかったため、おとなしく本など読んでいたので、夜はアダマスが話し相手になってくれたのは有り難かった。

窓から庭園を眺めていると、花を持ってきてくれたこともある。城に入ってきたばかりの酒を差し入れしてくれたり、新しい本を寄越してくれたり。

神はことごとく暇らしい。

「二階堂さんは何を言っているんだか」

「……彼女もアダチを心から心配していましたから」

「心労をかけたようで申し訳ない」

すると、城の方から女中が四人ほど駆けてくる。まずアダマスに深く礼をして、「おはようございます、アダマス様」と明るく言った。アダマスが「ええ」と頷《うなず》くと、若い彼女たちは嬉《うれ》しそうにする。

それから、彼女たちのうち一人が前に出て、安達に話しかけてきた。

「あの、アダチ様、これから乗馬ですか？」

「あぁ」

「お身体が良くなったようで何よりです」

「ありがとう」

「……あ、あの！　これよかったらどうぞ！」

「ん？」

渡されたのは手のひらサイズのボトルだった。見かけだけならまだ十代後半ほどの少女は、恥ずかしそうに説明する。

「滋養に効くお茶を冷やしておいたんです。今日は日差しも強いので、よかったら」

「それは有り難い。忙しいのに手間をかけさせたな。どうもありがとう」

「い、いえ！　全然！　それでは！　お気をつけて！」

顔を真っ赤にした女性はくるっと踵《きびす》を返し、また一度アダマスに頭を下げると、女性たちで揃《そろ》って帰っていく。

安達はボトルをポーチに収めた。乗馬を考慮して小さなボトルにしてくれたらしい。

アダマスは無言でそのやりとりを眺めていた。安達は早速、あてがわれた馬の背を撫でる。

「さぁディープインパクト。共に励んでいこう。地方競馬で収まってたまるか。目指すは中央、必ずＧ１で勝負するぞ」

「彼女は？」

「君の屋敷の者だろう。俺に聞いてどうする」

「勿論把握しています。彼女といつの間に親交を深めたのだと聞いている」

「別に深めた覚えはない。さっきで話すのは二度目だ。君の城の者たちは皆いい子だな」

「……」

「アダチ様ぁ、やぁ、遅れました」

乗馬を指導してくれる男が右手を上げながらやってくる。視力が壊滅的に悪いのか、近付いてきてからアダマスの存在に気付いた。

「こ、これはこれはアダマス様。おはようございます」

「えぇ」

「本日からアダチ様の乗馬のご指導ですよね。お任せください」

「あぁ……けれど、私も付き合います」

指導の男は動揺を口にはしなかったが目を丸くし、安達はしっかり「は？」と声に出した。

「何言ってるんだ」

「アダチは乗馬が初めてのようなので」

安達は顔を顰《しか》めた。アダマスは長い髪を纏《まと》め上げている。そもそも朝っぱらからここに付いてきたのも疑問だったが、さすがにそれは、

「君、仕事はどうした。二百五十万人の軍隊を置き去りにするつもりか」

「私がいなくて回らない仕事場ではありませんから」

「平和はいいことだけど……」

アダマスは杖《つえ》を手にすると自分の足元に向ける。靴が乗馬用のブーツに変わる。何やら本気のようだ。

「そ、それでは始めていきましょうか」

指導の男は動転を押し込めてにこやかに言った。安達はひとまず「ご教示願う」と告げ、背後のアダマスをチラリと見る。もう治っているのだからここまで構わなくていいのに。安達は息をつき、男からの指示に従った。

「そう、手綱とたてがみを摑《つか》むんです」「左足は鐙《あぶみ》にかけて」「おとなしい馬を選びましたが相性がいいですね……え？　ディープなんだって？」「おお、アダチ様はバランス感覚が良いですね」「そうそう。ゆっくりと……いいですね、インパクトも喜んでいます」「アダチ様、筋がよろしい！」

カツカツと辺りを歩き始めると、指導者の男は弾けた笑みを浮かべ、「上達がお早い！」と言った。

「ありがとう。もう少し走ってもいいか」

「そうですね。アダチ様なら大丈夫でしょう」

「私も行く」

アダマスのお気に入りなのか、真っ黒な馬に乗って現れた彼は当然のように言った。

本気でついてくるのか？　訝《いぶか》しむアダチに対し、指導者の男は、「アダマス様が直々に！　承知いたしました。私はここでお待ちしております」と頭を下げて去っていく。

安達は呆れて言った。

「元帥閣下、馬乗ってる場合か？」

「アダチは乗馬が初めてでしょう」

「だから指導してもらっている」

「また倒れたら誰が治療すると思っているんですか。加護のリングとネックレスは持っていますね」

「あぁ。まぁ……」

幽鬼と関わった夜はリングを外していた。これをつけていると無意味にアダマスを消耗させると思ったからだ。

あれから新しく加護のリングと、加えてネックレスまで与えられた。怒られるのも面倒なのでおとなしくつけているが、乗馬で何も起きはしないだろう。

「まぁいい。俺は走る」

「無理しないように。その馬は充分調教されていますが」

「へー……後ろ来てないか？」

「問題ありません」

「よしじゃあ、出発――……」

手綱を引くと馬が駆け出した。行く先は結界の張られた森だ。開放的な光景に興奮したのか、思ったよりも速度が速い。安達は思わず声を上げた。

「うわー」

「アダチ！」

突然の加速に翻弄《ほんろう》されていると慌てて後ろからアダマスが追いかけてくる。

かなり走ったところでアダマスに捕まる。それからは殆《ほとん》ど彼に指示される形で馬を走らせた。開けた場所で休憩することになり、アダマスにより即席のテーブルと椅子が用意される。

「一人で突っ走らないで背後も確認しなさい」

「後ろばかり見ていて何が面白いんだ。前をしっかり見て、あとは時々確認するくらいでいい」

「その確認をしろと言っているんです」

「よし。戻る」

安達は頂いた茶を飲み下し、早速立ち上がる。アダマスは纏《まと》めた長い髪を揺らし、厳しい顔つきで腰を上げた。

たちまち消えていくテーブルセットを通り過ぎてインパクトの首を撫でる。「君は良い馬だな」と語りかけると、彼は嬉しそうに目を細めた。

「人たらしですね」

真顔でアダマスが見下ろしてくる。安達は眉《まゆ》を顰《ひそ》めた。

「人？」

「……馬、か」

「君面白いな」

安達は軽く笑ってインパクトに乗り上がった。アダマスはお得意の仏頂面をしていたが、続いて己の馬に跨《またが》る。

特に合図もなく馬を走らせる。先ほどと同じように加速してしまうので「うわー」と声を上げると、先ほどと同じようにアダマスが「アダチ！」と追いかけてくる。

「突っ走るなと言ったでしょう！　私の傍を離れるな！」

「ははっ、アダマス！」

隣に追いついた彼に、安達は声に出して笑いかけた。

「乗馬、楽しいな」

すると、何か言いたげにしていたアダマスだが言葉を押し込めた。

一度ため息をつき、「そうですか」と仕方なさそうに笑う。

元の場所へ戻ってくると存外時間が経っていた。途中で休み休みし、会話していたので、昼時が近い。

馬を厩舎に戻すとまたアダマスが近寄ってきた。銀の長髪はいつものように流す髪型に戻っている。

「病み上がりなんだから無理しないように。もう休みなさい」

「馬を使えた方がいいと言ったのは君だ」

「……」

「仕事には戻らないのか。俺は昼食をいただくことにする」

「午後からに変更しました」

「さすがに平和すぎるな」

城に戻りながら話していると、突如として背後から声がした。

「俺も共に昼食を取ろうかな」

振り返ると、そこには、

「……陛下」

「よぉアダマス元帥。サボりかい？」

「そちらこそ」

「俺は昼休憩だ。安達、具合はどう？　顔色はいいね」

「……お陰様で」

マカリオス……皇帝陛下はひらりと片手を振って安達の横に立った。

また来たのか。安達はすっかり呆《あき》れる。側近のタキスがアダマスに「陛下がアダマス様の城でお食事を召し上がると言い張るので」と抑揚のない声で説明した。

アダマスは表情を変えなかったが彼の纏う雰囲気に苛立《いらだ》ちが滲《にじ》んでいる。皇帝は知ってか知らずか、にこやかに安達へ語りかけてくる。

「それはよかった。さぁ食事にしよう」

この国の中枢の本質は、『ヒマ』なのか？

皇帝陛下の御来城となると準備があるらしく、アダマスは膨れっ面のまま立ち消えた。するとタキスが「陛下」と呼んで、皇帝と共に一時的に安達のもとを離れる。

安達はちょうど視線の先に、唯子の姿を見つけた。

「二階堂さん」

「安達さん！　乗馬はどうでしたか？」

数刻前は苛《いら》つきが目立っていた唯子だが、機嫌を直したらしい。安達は頷いた。

「なかなか面白いな」

「そうですよね。馬って可愛いですね」

「あぁ」

「ところで、なんだかお城が騒がしくて……」

「マカリオスがやってきたからじゃないか」

「皇帝陛下が!?　また!?」

「まただよ。君、昼食はどうする予定だ。一緒に食うか？」

「……はぁ、安達さん……」

唯子は冷たい目つきをして、ジロリと安達を睨《にら》んだ。安達は「何だその目は」と怪訝《けげん》そうに言う。

「まだ機嫌が悪いのか。それとさっきの『女』とは何」

「……みんな安達さんの噂《うわさ》してますよ。アダチ様かっこいいー、幽鬼を光に帰してあげただなんてさすがー、大好きー、無理ー、好きー、王子様ーって」

「なんだそれ」

無理？

「そうやって少しも照れないところとか」

「照れて君たちが満足ならば照れたフリくらいできる」

「……」

まだ年若い女性に騒がれたところでどうしろと言う。そもそも住む世界が違うのに。

「で、昼食はどうする予定？」

「クロエさんたちと女子会です。クロエさんがキッシュを作ってくれたって。第一、皇帝陛下とお昼ご飯なんて食べたくないです」

「へぇ。クロエさんとすっかり仲良しだな。彼女は手先が器用だから羨《うらや》ましい。君の髪型も似合ってる」

髪は三つ編みに編まれて丁寧に括《くく》られていた。美容師やショップ店員のよく口にする『ちょっとしたパーティー』に出掛けられそうな匠《たくみ》の技だ。毎度感嘆してしまう。

唯子は舌打ちせんとばかりに「……そういうところですよ」と渋い顔をすると、吹っ切れたように言った。

「メイドさんに言ったらキッシュくらいくれると思いますよ。みーんなくれます。わんさか作ってきます。この国にバレンタインがなくてよかったですね。カロリーに気をつけてくださーい」

去っていく少女の後ろ姿を眺めながら、安達は「何なんだ」と呟《つぶや》いた。

するといつの間にか隣にマカリオスが立っている。

「振られちゃったね」

「居たのか」

「彼女は何？　安達の恋人？」

安達は踵《きびす》を返した。

「まさか。故郷が同じだからな。同郷のよしみ」

「へぇ、名前は？」

「把握してるだろう？」

「二階堂唯子さんね」

「わざわざ試すような真似をするな」

楽しそうに笑うマカリオスと安達を待ち受けていたのは、顔色の悪そうなスティリーだった。

スティリーは「陛下。お召し物を」と両腕を差し出して頭を下げる。マカリオスは何も言葉を発さず、タキスが装飾の施された軽いコートを預かって、スティリーに手渡した。

昼食会場となった一室に先にマカリオスが入っていく。安達もそれに続こうとすると、
スティリーが咎《とが》める顔つきで引き留めてくる。

「アダチ」

「何だ」

「マカリオス皇帝に不敬すぎるぞ」

「すまない」

スティリーはますます顔を顰《しか》めて鬼のような顔をした。

「謝るくらいなら弁《わき》えろ！」

「俺は客人だ。言わば外交官。こっちが下がってどうする」

「アンタなぁっ」

「アンタって」

思わず笑いが洩《も》れてしまう。スティリーもかなり砕けたものだ。安達が笑うと彼は悔しそうに唇を噛《か》み、「その顔、どうにかしろ！」と小さく叫んだ。

「顔？」

「笑うな！」

「悪いな」

面倒なので適当に返すと、マカリオスが扉から顔を出す。

スティリーはまたしても咄嗟《とっさ》に礼をした。

「安達、行こう」

安達は特に言葉は返さず彼の後についていく。今度はスティリーも引き留めなかった。部屋にはアダマスが既に待機していて、険しい顔つきで立っている。

「陛下、いらっしゃるなら事前連絡を」

皇帝陛下を迎え入れるために緊急で用意したにしてはかなり豪華な食事が広がっていた。アダマスが音もなく歩いてきて、安達をスムーズに自分の席の隣に移動させる。

マカリオスはにこやかに、対面の席に着席した。

ようやくアダマスも腰を下ろす。マカリオスはそのままの笑みで言った。

「お前がいると思わなかったんだよ」

「ここは私の城ですよ」

「安達を見つけて共に昼食を取ろうとしただけだ。まさかアダマスが仕事をサボっているとは。とんだ邪魔者がいたものだ」

この一ヶ月間、マカリオスもまた幾度となく安達の部屋を訪れた。

どのようにやってきているのかそのメカニズムを安達が知る由もないが、誰にも気付かれずに部屋に入ってきては、安達を見舞いに入室してきた城の者に発見されて、その都度騒がれている。

マカリオスが安達のもとにいる間王宮ではどうしているのだろうか。影武者もかなり揃《そろ》えているに違いない。

アダマスは無表情で告げた。

「これは仮にも私の妻です」

「本当に仮だな」

皇帝はおかしそうに笑った。安達や唯子の事情を皇帝が把握していないはずがない。マカリオスは微笑みを浮かべたまま、「ちょうどいい」と頷《うなず》いた。

「今日は安達や二階堂唯子さんについても話そうか」

アダマスはゆっくりと瞬きし、皇帝に付き従うように姿勢を正す。

ここ一ヶ月は安達が病床についていたこともあり、この世界に落ちてきた安達と二階堂唯子に関して話していなかった。というより、マカリオスはどうでもいいことをぺちゃくちゃ喋《しゃべ》っては消えていくだけだったので。

「君たちは異世界から落ちてきたようじゃないか」

「あぁ」

安達は素直に頷く。

「ゴラッドが召喚したことは俺も知ってるよ。けれどね、アダマスから聞いている通り、俺たちは彼らと喧嘩《けんか》するわけにはいかないんだ」

「喧嘩、か」

安達は軽く笑い、アダマスは無言でいた。皇帝陛下は余裕のある表情でこちらを眺めている。吐息するように呟いた。

「召喚など……彼も、無茶をしたものだ」

「軍人皇帝時代の亡霊、だったか。軍人皇帝ってのはあれだろう。軍人が皇帝になる」

「そうだね」

「皇帝を殺した軍人が次の皇帝になる」

「まぁ、端的に言えば、そうだ」

「君は先の皇帝を殺したのか？」

隣のアダマスの空気に独特の緊張感が走った。マカリオスは微笑みを深めて、

「殺してないよ」

慈悲深く告げる。

「ただ、終わらせた」

……確か、先帝は即位してから一年後に殺されている。彼もまた先々帝を殺して帝位についた皇族の一人だと聞く。

それをマカリオスが、終わらせた。彼が殺すことなく。

「国内で殺し合いをしているようでは国が滅ぶ」

「ゴラッド閣下は過去の時代に囚《とら》われている、と」

「信念だ。捉われているのではなく、彼自身が抱いている。戦こそ彼の本望で、根幹だから」

「けれど」とマカリオスは息をついた。

「俺が彼を殺したところでまた争いの時代の幕開けになってしまう」

「古き懐かしき昔の文化には別れを告げなければならない」

「そういうこと」

安達は腕を組み、隣へ首を傾げた。

「甥《おい》っ子《こ》さん、君はどうなんだ。一応は親戚《しんせき》だろ」

「我が軍は陛下のために」

アダマスは慎みをもって断言した。皇帝陛下は当然とばかりの顔で黙っている。安達の言葉を待っているのだ。

「躾《しつけ》が行き届いているようで」

「あぁ。皇帝軍だからな」

「君たちの国の信念は自由にしてくれ。日本国の俺からの要求はただ一つ」

ユークリット皇国の皇帝陛下は微笑みで促してきた。安達は足を組み、片方の膝《ひざ》の上に手を置く。

「二階堂さんを異国の政治に巻き込むな。帰してやりなさい」

「……目的は一致したようだね」

マカリオスが食前酒を手にする。こちら側も自然と手にし、軽く掲げた。

言葉はなかった。それぞれが酒を口に含む。飲み下したマカリオスが、少し雰囲気を和らげて語り始めた。

「安達はどうする？　帰りたくないのか？」

「俺？」

「そう。俺はお前のことが気になるから」

「まぁ、そうだろうな」

異世界の人間は誰だって気になる。安達は無表情で、よく分からない肉にフォークを突き刺した。

アダマスは無言であったが、若干重みのある空気で食事を始める。

「正直、どうだっていい」

「故郷に帰りたくないの？」

「実を言えば俺は故郷をもち合わせていない」

アダマスと皇帝はそっくりな表情をしていた。安達の言葉の真意が分からないといったような。安達も勿論《もちろん》説明するのが面倒なので、「とにかく」と付け足した。

「帰りたいと言っている二階堂さんを帰してやろう。ゴラッド閣下の城から、儀に使った短剣は俺が盗んできてやる」

「本当に安達が盗むのか？」

マカリオスは、あの夜に話した時のように、友人相手みたいに砕けた表情をしていた。

「俺こそ亡霊のようなものだろ。俺みたいないなどうでもいい存在が盗めば荒立たない。万が一捕まったら遠慮なく切り捨ててくれ」

「……」

アダマスは何か言いたげにこちらを睨《にら》み、皇帝は真顔で見据えてくる。

「透明が盗むだけだ。証拠を残さなければいい。幸いにも俺はそうしたことが得意だからな」

「……」

「陛下」

「言ってみろ」

マカリオスは頷いて許した。

「やはり危険です」

「は？」

安達は呟いてから、アダマスに顔を向ける。大元帥は美しい横顔のまま、皇帝を見つめていた。

「アダチに潜入させるのはやはり危険です」

「何を。君も了承してくれたじゃないか」

横目だけでアダチを見遣ってくる。薄く唇を開き、

「具体的な盗みの案などないでしょう。行き当たりばったりだ」

「そんなものどうにかなる」

「どうにかとはどうやって」

「その辺の連中に聞いてみたり。短剣どこにある？　つって」

「馬鹿な」

ようやくアダマスの顔がしっかりとこちらに向いた。安達は大した抑揚もなく続けた。

「儀に使った物だろう。君の杖《つえ》や剣のように常日頃持ち歩いているわけじゃない。どこかの部屋に保管されているはずだ。それを俺が、城の魔力が薄れた夜に盗み出す。そもそも宝剣自体には防御の魔

法がかけられないらしいじゃないか。無防備な宝を盗むのは俺の世界で盗みを働くより簡単なことだ。確かに携帯されていたら面倒だが、儀に使うものを身につけるか？　君だって持っている武器は、杖と……」

「剣と銃です」

「だろう？　儀式に使うものを持ち歩かない。ならば俺がいつものように入り込んで盗めばいい。どこの部屋にあるかも聞いていけば何とかなる」

「聞くって言っても、答えるわけないでしょう」

「今、答えたじゃないか」

アダマスは不審そうに顔を顰めた。安達は単調な声で告げる。

「君の大事な武器を君自身が教えてくれた。滅多に手の内を明かさないアダマス様がな。今のも『お前は何を持ってるんだ』と聞いたら答えなかっただろう」

「……」

「そうか。君は銃も持ってるんだな」

今更アダマスの私物を探るつもりもなかったので知らなかったが、あらゆる武器を携帯しているらしい。

アダマスは口を閉ざした。行く末を見守っていたマカリオスがくすりと笑う。

「あと四ヶ月ほどある。じっくり考えようじゃないか」

皇帝は言って、ようやく食事に手を付け始めた。ゆったりとした口調で続ける。

「短剣を盗むのは安達に任せよう。安達から魔力の痕跡《こんせき》が残ることはないのだし。俺たちの痕跡が残るのは一番あってはならないことだ。アダマス、援護に徹しようじゃないか」

「……御心《みこころ》のままに」

安達は満足して頷き、言った。

「その辺ってのはゴラッド城内のことだけではない。儀式に使う宝物を東西南北どの部屋に保管するかは調べられるし、俺たちが落ちてきた日のゴラッド閣下の行動や彼の生活のリズム、落ちてきた場所の関連性なども聞けば分かりそうだ」

「リズム、ね」

皇帝がほのかに微笑む。

「落ちてきた日、手下がやってくるのは早かった」

「安達が殺した男か」

「俺たちが落ちてくる場所にアタリをつけていたんだろうな。短剣の力も消耗されているはずだ。神も力を使えば消耗するくらいなのだから」

アダマスは余計な口は出さずに食事を進めている。安達はふと、誰へともなく聞いた。

「そういえば、俺が殺した男はどうなったんだ？」

答えたのはマカリオスだった。

「彼は幽鬼になると厄介だから、祈りを捧《ささ》げて海の魔獣に食わせたよ」

「へぇ、海の……」

思わず呟《つぶや》くと、アダマスの視線が向けられた気がした。安達はハッとして切り替え、「なるほど」と自然に続ける。

「俺が取り憑《つ》かれないようにしてくれたんだな。どうもありがとう。腹が減ったので俺はもう黙る」

「安達はこの国の食べ物が好き？」

マカリオスは無視して朗らかに話しかけてくる。安達は頷くだけで返事した。

「そっか。なら今晩共にディナーはどう？　最高の食事を用意しよう」

「陛下」

頑《かたく》なに黙していたアダマスが真っ先に棘《とげ》のある声で制した。

「それは私の妻です」

「だから仮だろ」

このやりとりをもう何度聞いたか。

マカリオスは顔だけ微笑んだまま乱暴に言った。アダマスが表情を僅《わず》かに険しくすると、反対に皇帝は余裕そうにする。

「第一、固執する割に少しも自分のモノにしてないじゃないか」

「……どういう意味だ？」

安達は口の中の物を飲み込んでから訊《たず》ねる。何をもって、モノ、と判断するのか。

マカリオスは優しげに安達を見つめた。

「アダマスの魔力が安達にちっとも混じってないから」

安達の顔に「?」が浮かぶ。マカリオスはますます楽しげにした。

「本物のかりそめだな。少しも魔力が移ってない。唇を合わせたり性交渉でもしたりすれば魔力は宿る」

「……」

安達は渋い顔をして、「するわけない」とだけ呟く。アダマスは何か耐えるように唇を閉じていた。

マカリオスは鷹揚《おうよう》に笑う。

「キスくらいなら一週間で消えるさ。性交渉だって気をつければ」

「するわけないだろ」

「だろうね。だから仮なんだなって」

安達は呆《あき》れ混じりにため息を吐《つ》いた。魔力が身体に移ると仕事《盗み》に痕跡を残すことになる。何を言い出すかと少し焦ったがそんなこととは。

「安達とアダマスはかりそめの関係だ。なら俺がディナーに誘ったところで何の問題もないだろ」

「あります。貴方は皇帝だ」

しかし二人は真剣に、そして威圧的に腹の内を探り出した。

「幸運にも俺に妃《きさき》はいない」

「だからこそ問題なんですよ。軽はずみなことはお止めください」

「それを踏まえてだよ。俺が軽はずみに何かしたことがあるか？　安達は美しく、聡明《そうめい》だ。どこに問題が？」

「……陛下。貴方はご自分が『魔力が移る』話をした意味をお分かりになられているんですか」

「俺が移すとでも？」

「でなければ口にしなかったはずだ」

「慎重にやるさ」

「君たち、なぜ俺抜きで話を進めてる」

安達は何だかよく分からない肉の料理を完食してから言った。というかこれは、

「何の話だったか」

「ディナーに誘いたいってそれだけだよ」

マカリオスは絵に描いたような微笑みを浮かべる。

「御言葉《おことば》ですが陛下、かりそめであろうと今は私の妻です」

アダマスは泰然と言い放つ。

「今は、ね」

「ディナーを過ごすのは私の役目だ」

「ならば勅令にでもしようか」

「馬鹿らしい記録が残りますよ」

「安達の名が後世に残るならば英断となるだろう」

「マカリオス……皇帝陛下、お慎みください」

「アダマス大将、君こそ俺を誰と心得ている」

「悪いが今晩は二階堂さんと日本食作りに挑戦する日だ」

「……」

「……」

安達はスープを掬《すく》って口に含む。

嚥下《えんか》してから告げた。

「君たちで過ごしてくれ」


「それで断ってきたんですか？」

夕食時に、そういえばと昼の話をすると唯子は愕然《がくぜん》とした。

先ほどまでこの城の庭だとどこが一番好きかなど穏やかな会話をしていたのに、唯子は隕石《いんせき》衝突地球滅亡の知らせを聞いたかのように怯《おび》え、それから全てを諦《あきら》めて息を吐く。

「皇帝陛下からのお誘いを断ったんですか？　皇帝ですよ？　ナポレオンですよ……」

「ナポレオンなら余計嫌だろ」

「信じられない。怖いこの人。ちょっとは権力におもねったらどうです」

「あの二人仲悪いんじゃないか？」

安達はワインを飲んだ。舌の残り香を味わいつつグラスを揺らす。

「そうかなぁ。幼い頃から一緒って聞きますけど」

幼い頃から、か。アダマスは距離を保っているようだけれど確かに、皇帝からアダマスへの態度には旧来の友人特有のソレがある。

安達は部屋着として好んで着物を着ていた。唯子も今や特に咎《とが》めることなく、それどころか『もっと持ってきておけばよかったですね』などと言っていた。

「どっちが年上なんだろ……そもそもアダマスさんって幾つなんだろ」

今も着物の安達を自然に受け入れている。

唯子は首を傾げて想像していたが、次は反対側へ傾けて、

「というか安達さんってお幾つなんですか」

「二十八」

「私よりも一回り年上なんですね」

唯子は葡萄《ぶどう》のジュースを飲んだ。安達はグラスを静かにテーブルへ置く。

「幼い頃から一緒、か……共に居すぎて嫌気が差してるんじゃないか」

「安達さんの杞憂《きゆう》だと思いますよ。あの二人本当に仲良いって聞きますし。というか安達さんが仲悪くしているだけなんじゃ……」

唯子はボソボソ言いつつ箸《はし》でお好み焼きをつついた。

お好み焼きまがい、のものだ。味噌汁《みそしる》まがいも用意した。どれも懐かしい味とは少し違うが、クロエの魔法の協力もあって中々の出来栄えになったと思う。お好み焼きは唯子の好物らしい。唯子はスイーツ作りも得意で、プリンも作ってきてくれた。これなら茶碗蒸《ちゃわんむ》しが作れるかもしれないと安達は

企んでいる。

「何にせよ」

安達は酒ばかり飲みつつ、切り出した。

「君を元の世界に帰す方向で固まった。マカリオス皇帝も協力してくれる。安心しろ」

「……安達さんが短剣を奪うんですか」

「ようやく本職に励める」

「あんまり、無茶しないでくださいね」

唯子は不安げに安達を上目遣いで見た。安達は椅子の肘掛《ひじか》けに腕をつき重心を軽く傾ける。

「驚きました。幽鬼？　に触れて死にかけるなんて……やっぱりこの世界は恐ろしいんですね。みんな心配してたんですよ」

「あぁ……」

多くの者が見舞いに訪れてくれた。ワイワイ……ガヤガヤ……安達は思い返しながら、頷《うなず》く。

「何となく分かる」

「かと思えば色んな女の人に好かれて、見舞われてるし。もう気が抜けますよ」

「抜けているならよかった」

「対応を考えた方がいいと思います。真面目に言ってるんです。私も彼女たちの安達さんへの恋心を聞いてると、結構マジに相談に乗っちゃって」

「そんなことまで話してるなんて、君はこの城の人間と仲良いな」

「……また安達さんが危険な目に遭うのはみんな嫌なんですよ」

唯子はジュースの入ったグラスを両手で握りしめ、その表面を見つめた。「本当に、嫌なんです」と力を込める。

「君は初めからネガティブだったな」

「安達さんが死にかけるくらいなら……私、帰らなくてもいいです」

そう言った唯子は、とても苦しげだった。

本望と食い違ったことを言っているのは明らかだ。安達は彼女を無表情のまま見つめる。

「本心か？」

「……分からない」

「子供が大人の心配をするな」

安達は呆れて息を吐く。それから少し力を込めて、言い聞かせるようにした。

「君はその魔力を狙われてここで過ごすことになる。確かにこの城の連中は良い奴ばかりだが、由縁のある家族も、元の世界の友人もいない。君が向こうで好んでいた食も趣味もない。ここと日本は全く違う」

唯子はなりかけのお好み焼きと味噌汁を見下ろして、唇を引き結んだ。

「でも」

小さく呟き、今にも泣きそうな顔をする。

「自信ないです」

「自信？」

「安達さんを危険な目に遭わせてまで帰るほど……私に価値があるのか。そんな存在じゃない。自信ないです」

声を震わせて「安達さんが大変な目に遭ったら耐えられません」と目を合わせようとしない唯子を安達は無言で眺めた。

他人が自分のせいで取り返しのつかないことになるのを彼女は耐えられないと言う。

それは、安達も危惧《きぐ》していた。人の心を殺す方法は何か。それはその人のために誰かを殺すか、自分が死ぬことである。

安達は前者を既にこなしてしまった。あの時はいい加減を意識した口ぶりで適当に誤魔化したが、これ以上は難しいのかもしれない。

唯子はただの二階堂唯子で、朝には制服を着て学校へ行き、友達と喋《しゃべ》ったり、喋らなかったり、放課後は部活をしたり、しなかったり、ごく普通に生きていた少女だ。「それに」と口を開く唯子を安達は無表情で眺める。

「お父さんだって……」

「父親？」

「私みたいなのは居ない方がいいかもしれません」

「なぜそう感じる」

「私は不気味だから。手に負えないって感じで」

唯子は、二週間も離れで暮らしていた。この世ならざるモノから隠れるためだ。安達にはよく分からないが、日本にもそうしたカミの類に絡まれる人間がいると聞く。専門外だ。けれど実際、唯子は二週間をあの離れで過ごしていた。

「君の父親が用意した屋敷だろう。二階堂さんのために」

「でも居なくなれば楽になる」

「へぇ……」

「お母さんはもう昔に死んじゃってるし、私さえ行方不明になれば、お父さんも別の人と幸せになれる。普通の家族になれます」

「なるほど」

「……なるほど？」

唯子は涙に潤んだ瞳《ひとみ》で安達を見上げる。安達は背もたれに寄りかかり、俯《うつむ》きがちに瞬きして、「君の自信のなさの根源はそれか」と呟《つぶや》いた。

年相応の喋り方をするが垣間《かいま》見《み》える卑屈さの正体が分かる。自分の存在価値をまだ家族から構成しようとしている時期らしい。

「二階堂さん、ファミリードラマの見すぎだ」

「え？」

「世の中に、少なくとも日本に、親との確執が全くない家庭は割と少ない」

唯子は大きな目で瞬きした。少しだけ開いていた唇を閉じる。けれど安達を見つめる目は閉じなかった。

安達は、文を読むようにつらつらと語った。

「一人親で苦労したと思わせたり、苦労したり、怒りを向けられたり、田舎の閉鎖的な土地で監視されて過ごしたり、弁当を作ってもらえなかったり、男兄弟ばかり優遇され女子は邪険にされたり、宗教に付き合わされて自分だけ修学旅行の神社に参拝できなかったり、とにかく貧乏で三日連続同じ服を着ていたり。大なり小なりどこかで欠陥がある。ままあることだ」

安達は唇に親指を当てた。

「しかしそのどれも、確実に、感情がある。怒りや悲しみや後悔や、とても言い尽くせないものが」

腕を下ろして、膝《ひざ》の上で手を組んだ。

「そしてそれらの感情はいずれ薄れるものかもしれない。一過性だったりするんだ。時間が経ち、世界が広がると、そんなものに構っていられなくなって、どうでも良くなったりする。薄情だろう」

唯子は真剣に安達を見つめていた。安達は眉《まゆ》を下げて微笑んだ。

「だがそれが人間なんだ」

唯子は細かく瞬きをした。安達は軽く息を吐く。

「勿論《もちろん》絶縁する者もいるし、復讐《ふくしゅう》する奴だって、関係を修復する者だっている。けれどそれを決めるのは今じゃない」

唯子はまだ十六だった。

「君の幸せを決めるのは今じゃない。居たいなら居ればいいが、消去法の選択肢で甘えるな」

「……」

「学校は好きか」

「……はい」

「大学への進学の予定は？」

「受験、したいです」

「うん。夢はあるのか？」

「ない」

「騎手になれば」

唯子は小さく噴き出して笑った。

「考えておきます」

「帰ったら好きにしろ」

安達はグラスを手に取った。唯子は目尻《めじり》を拭《ぬぐ》って、「はい。帰りたいです。帰ります」と呟く。

安達は返事をせずに酒を飲んだ。唯子は安心したような表情をしていた。葡萄ジュースをまた飲んで、息を吐く。それから微笑みを安達に向けた。

「煙草吸わないでいいんですか」

「いや、今はいい」

「安達さんも好きにしてくださいね」

「する予定だ」

「安達さんは、本当に『帰しません』でいいんですか？」

「ん？」

唯子は力強い目をしていた。それから意を決したような口ぶりをする。

「私はアダマスさんのことも信頼してますけど、でも、安達さんが帰りたいなら安達さんの味方をしますよ」

「あー……」

「あーって！」

「どっちでもいいよ」

「安達さんにだって帰る場所があるでしょ。家族とか故郷とか」

「故郷はー……ない」

「ない？」

唯子は怪訝《けげん》な顔をした。

安達は窓の外の暗がりに目を遣《や》る。

この城は竜宮城みたいだな。安達はふと思った。海に近く、美しいものに溢《あふ》れている。

だが今は夜が暗くて、海があるのかは分からない。

安達は、ふとこぼすように呟いた。

「流されたからな」

——「辛かっただろう」

幽鬼の黒い渦の中からアダチの声がした。

酷《ひど》い緊張感で空間は圧されている。向こうにいるマカリオスと目が合う。彼は杖《つえ》を構えて今にも魔法をぶつけんとしていた。

幽鬼の爆発の気配を感じて駆けつけた先には二人がいた。マカリオスが度々この城を訪れているのは把握している。居たのはマカリオスとアダチ、幽鬼だった。

極限状態の中でアダチの微かな声は、優しかった。

「おいで。黄泉の国へ帰ろう」

幽鬼に全身を覆われたアダチの姿が次第に見えてくる。

……ヨミノクニ。

何故だろう。

その切実な響きはアダチが恋焦がれる世界のように感じた。

帰ろう。

……帰るんだ。

「共に朝陽を迎えようか」

一連は一瞬のひとときで、けれど永遠に感じられた。

アダマスの胸にぽとりと雫《しずく》が落ちるように、突如として、抗いようもなく直感が広がる。

これは永遠になる。

この瞬間はきっと忘れられない。

「——君にほんとうの光を見せてやる」

そうして、湖の向こうから太陽が現れる。

まるであの世から蘇《よみがえ》ってくるように。到底太刀打ちできない圧倒的な光の束が辺りを襲って、放たれた光の矢が幽鬼を貫く。

空が黄金に、燃え上がった。

その光はこの世界のものとは思えないほど美しかった。

初めは殺してしまおうと思っていたのだ。

夕刻だった。軍の城で一休みしていたところに、突如として現れたのはマカリオスだった。

何もないところから降りてきたマカリオスはそのままソファに腰掛けて、マントが時間をかけて落ち着いていく。突然やってきた皇帝陛下を凝視していると、彼は微笑みを向けてくる。

「オペルノアの森に異物が落ちてきた。すぐに向かいなさい」

「……異物とは」

「まだ分からない。おそらく生き物だろうが魔獣の魔力、王の気配がする。ゴラッド閣下が招いたようだ……果たして人間なのか、魔獣か。オペルノアの森を一時的にテリコット王国へ移しているが一人ゴラッドの者が入り込んでいる。オペルノアの森には繫《つな》げられるね？」

「はい」

「王を殺すな。魔獣が荒れる」

「承知いたしました」

アダマスは直ちに立ち上がり右腕をスッと横に上げる。スティリーが飛び込んでくるのと黄金の炎が巻き起こるのは同時だった。

マカリオスはこの国の全ての魔法を把握している。彼はユークリットの皇帝でありながら魔法使いたちの王でもある。魔法使いには人だけでなく、動物や植物、そして魔獣もいる。それらの中で最も絶大な魔力と畏怖《いふ》をもち、彼らを統べるのがマカリオスだった。

彼はいくつかの魔力の消失――魔法使いと魔獣の生贄《いけにえ》を察して、同時にとてつもない破壊の魔法の気配を感じ取った。

オペルノアの森はユークリット皇国の南部に位置する膨大な魔獣と果実の森であるが、マカリオスが丸ごと、大陸にある被支配国・テリコット王国へ移している。マカリオスの魔力でも森を彼方へ送るのはかなり消耗するだろうから、後を任せるためアダマスのもとへやってきたのだろう。

オペルノアの森では、魔獣が猛《たけ》っていた。魔法使いに属さないケダモノたちは、新しい王を求めている。

奥深い森に不自然な建物がポツリと建っていて、魔獣たちが恭しく囲んでいた。

アダマスは躊躇《ためら》いなく向かった。

ゴラッド……。

——やりやがったな、あの男。

ユークリットは魔獣の森が国土の大半を占める。マカリオスの畏怖と皇帝軍でそれらを封じ込めているが、いつだって森は自由に暴れていた。

ゴラッドは魔獣の王たる素質をもつ何かを召喚したのだ。先帝が排除され魔法使いの王が皇帝として君臨して以降、おとなしくしていたが、このためか。魔獣という兵器を使って、ユークリットを乗っ取り、他国へ戦争を仕掛ける気なのだ。

独特な建物だった。この国にはあまり馴染《なじ》みのない形状をしている。マカリオスは『落ちてきた』と言っていた。古典では読んだことがあるが、上の世界からか……。

「アダマス様……」

スティリーも気付いたようだ。一つの魔力の喪失を肌で感じる。

アダマスは一歩でその屋敷内のその部屋へ踏み入れた。

——しかし落ちてきたのは魔獣の王のみではなかった。

「俺が盗めばいいだろう」

やってきて早々魔法使いを殺したその男には、この世界や魔法に怯《ひる》んだ様子など一切なかった。

魔獣の王と共に一人の男が落ちてきていた。これは、なんだ？　人では、あろう。上の世界の人間は皆、恐怖心の欠如した性格なのか？　いや、魔獣の王の素質を秘めた女性は精神を乱していた。

「俺には魔力がないんだろ？　つまり魔力のない俺が動いたところで誰にも気付かれない、と。なら俺が盗めばいい。意外にも君は俺をこの世界に留まらせるらしい。それも、破壊的な魔力をもつ二階堂さんの身代わりとして。誰も、魔力のない人間が『二階堂さん』だとは思わない。俺はこの世界で、存在しているのかいないのか——……」

何をべらべらと喋《しゃべ》っている。だが男の言っていることは理解できた。

元の世界へ戻るための短剣を男が盗むのだ。ユークリットでまだ存在が知られていない人間は魔獣の王とこの男だけ。だが魔獣の王が動けば痕跡《こんせき》が残る。だから魔力のない男が動く。ゴラッドはまだこの男の存在に気付いていないので、男が盗んでくればいい。盗まれたところで、それが魔獣の王の仕業だとは思わない……痕跡が残っていないのだから。男の存在はないものになっているので、ゴラッドはただ失くすだけである。

そうした類の言葉をツラツラと、半ばどうでも良さそうに、雑に、少しだけ享楽の期待を匂わせて並べた。

これは何だ？　マカリオスから彼の存在は聞いていない。当然だった。マカリオスはユークリットと魔法使いの王だ。ユークリットの民でも魔法使いでもない男には気付けない。

何なんだ。そもそも何故生きている。この世界に落ちてきた人間は死ぬのが道理。上からここへ落ちてきた際にこの世界の魔力で消失するのだから。なぜ生きている？　魔法使いを殺した刀を所持していたせいか？　それとも魔獣の王の傍にいたから？　いや、彼女はこの世界に来てから男が接触してきたと言っていた。

あまりにも奇妙な男だった。

異質は排除しなければやがて国民に危害が及ぶ。

だが、アダマスは殺せなかった。

それは、男と郷里を共にする少女の怯《おび》えた目を見たからだ。

ここで男を殺せば少女は間違いなく精神が崩壊する。魔獣たちも暴れ出すだろうが、それ以前に、彼女はまだ子供だった。男の言動も少女を守るために聞こえる。アダマスが彼女へ目を向けるたび、それとなく視線を自分へ向けさせ、庇《かば》っている。

殺せなかった理由はそれだけでない。

直感だ。

アダチの瞳《ひとみ》は黒く、深く、しかし何とも言い難い光が棲《す》んでいた。

黒闇は光のため存在しているように。

——彼を殺してしまえば、取り返しのつかない過ちになると思った。

アダチは自由奔放で、たいして愛想が良いわけでもないのに、他人を魅了し、自分の懐に取り入れてしまう。一ヶ月以上を過ごし、初めの直感がようやく危惧《きぐ》に変わっていった。

アダチは異質だったのだ。

まさか皇帝の興味まで集めるなど、考えてもみなかった。

だがその皇帝からアダチへの関心をアダマス自身が一番良く理解できてしまうのが、自分でもまだ受け入れられない。

「え、それって……」

アダチはユイコと食事を共にすると言っていた。常日頃傍にいる関係ではないようだが、こうして度々交流をもっているのは把握している。

食事も終えた頃だろうとアダチの部屋へ向かうが、まだユイコがいた。アダマスは彼らの部屋の前で立ち止まっている。聞こうとしなくてもこの耳には会話が入ってくる。

意識すると扉が透けて彼らの風景が見える。窓際にテーブルと椅子を配置して、二、三品だけのとても質素な食事をとっていた。

これがニホンの食事？

「地震だ」

アダチが聞きなれない単語を言った。

シシン？　アダマスは内心で首を傾げる。一体何の話をしているのだ。

しかしその一言で通じたらしく、ユイコの顔が硬直した。

「地震……火事とか、ですか」

「津波」

ユイコが息を呑《の》む。聞き覚えのない単語ばかりだった。マカリオスなら上の世界にも通じるので用語を知っているはず。アダマスには理解できない言葉……だが、火のまわりで羽ばたきする虫のように胸が騒《ざわ》めく。

ツナミ。

アダマスは海の方角へ視線を向けた。

……波？

「ご家族はそれで？」

「いや、父と母は流されたが妹は無事だった」

アダチは淡々と語る。ユイコの動揺とかなり乖離《かいり》した口調だった。

『妹がいた』とはアダチから聞いたことがある。ユイコには教えていなかったらしい。しかし、彼はこうも言っていた。

――『今はいない』

「今はいない」

「それは、どうしてと聞いていいんですか」

アダチは唇の端を上げるだけで答えない。ユイコは小さく首を上下に振った。

「すみません。深入りしすぎました」

「気にするな」

アダチはワインを飲んで、組んだ足をゆっくりと揺らした。穏やかな夜を満喫する落ち着いた声で、

「あれは、ままあることだ」

それからワインを味わい、満足したように言う。

「君はまだ幼かったから覚えてないだろ。昔話だなぁ」

「でも、安達さんは無事だったんですよね」

アダチは感情の読めない笑みを僅《わず》かに浮かべていた。

「私たちが初めに落ちてきた時、安達さん言ってましたよね。地震くらいで人は死なないって」

アダチは答えない。

「あれってそういうことだったんだ」

「……二階堂さん」

「はい？」

「例えば俺が戦闘機に乗って戦争へ向かう」

「やだ、行かないで」

「そして帰ってくる。俺の戦闘機は、胴体と主翼と尾翼にえらく銃撃を受けていた。どこを補強すればば、もっと生存率が上がると思う？」

一体何の話だ。この突飛さもユイコには通じるのか？　だが彼女もわけが分からなそうな顔をしている。

「えっと……補強……あの、どこが一番酷かったんですか？」

「不正解だ」

「え？」

「正解は、傷のついていない箇所だよ」

アダマスは彼の横顔を見つめるが感情は読めない。

「胴体と主翼と尾翼に攻撃を喰《く》らっても帰ってこられる。しかしその他の箇所に打ち込まれれば墜落する。死んだ者は何も言わない。死人に口無しなんだ」

アダチは、いつも通りの飄々《ひょうひょう》とした姿だった。

「地震くらいで人は死なないと言ったが、それは生きてる人間の驕《おご》った妄言だよ」

「……」

「頼むから俺の言葉をあまり信用しないでくれ」

「違います」

ユイコは間を置くことなく言い切った。

その躊躇いのなさにアダチが面食らっている。ユイコは大人びた顔をして、諭すように告げた。

「侮ったんじゃない。私は、安達さんが生きてることが嬉《うれ》しかっただけです」

「……」

数秒沈黙してから、アダチが小さく笑った。

眉《まゆ》を少し下げて、困ったような笑みだった。

アダマスは息をつく。それから扉をノックすると、向こうから「どうぞ」とアダチの声がした。

「食事は終えましたか」

扉を開けて微笑みかけると、アダチは普段通りの無表情でこちらを眺め、ユイコはにっこりと微笑んだ。

「はい。ちょうどです」

微笑みの上手《うま》い女性だった。たまに、無理して笑っているのも感じ取れる。空気を読むのも得意で、自分は退散しようと早速腰を上げている。

「お部屋にお送りしましょうか」

「そうですね。クロエさんも待っているだろうし……あ、食器」

申し訳なさそうな顔をしたのでアダマスはテーブルに目を向けた。たちまち食卓は空になる。食器は保管する場所へ送ったので、あとは自分達で配置に戻るだろう。

魔法の使えない者にとって城は広い。ユイコを部屋に送るため、アダマスは扉近くに立つ。ユイコは、「安達さんお休みなさい」とひらりと手を振った。

廊下を二人で歩き出す。会話しながらも、ユイコは、何か別のことを考えているようだった。

「先ほどの会話が少し聞こえてしまいました」

アダマスが切り出すと、ユイコは目を丸くして見上げてくる。

「あ、そうですか」

「アダチは昔話と言っていましたね」

「そうですね。安達さんって日本でのこと話さないから……犯罪者だからだと思ってた。犯罪者だけど」

「ツナミとは？」

ユイコは難しい顔つきをした。どこから話せば、と思い悩んでいる。

「えっと……私も実際に見たことはないんですけど……」

やがて自分自身でも整理するように語り出す。

「私たちの国はとても災害が多いんです。この国で言えば森からの被害かな。台風や豪雨、豪雪や火山災害、土砂災害……そうした災害は私たちの生活ととても関わりが深くて、切っても切り放せないものです」

ユイコの歩調はアダマスを意識したものだった。この子はいつも他人に合わせようとする。

「中でも地震という自然現象が多く起こります」

シシンではなくジシンであったか。ユイコは「それは」と平然と続ける。

「私たちの国も島国で、その地理的な関係によるものです。大地が大きく揺れるんです」

大地が揺れる。

先の大戦や魔獣からの攻撃では大地も揺れた。しかしユイコの話していることはそれとは違うようだった。

「その影響で家や建物が崩れたり、大規模な火災が起きたりします。そうした二次災害の一つが津波です」

……波。

「沖から海が押し寄せて、引いていくんです。その際には町や人々を奪うこともあります。本当に昔から日本では津波の被害があって……」

ユイコは言いかけて、何かに気付いたように唇を閉じた。

微かに微笑み、囁《ささや》く。

「そっか……」

不可思議だったのは、それは確かに微笑みではあったが、諦念《ていねん》と切実の気配が香っていたからだ。

ユイコはポツリと呟《つぶや》いた。

「この国にはそれもないんだ」

そして目を細め、神に思い焦がれる顔をした。

「ここは」

——魔法と神様の国なんですね。


アダチの部屋に戻ると、彼は煙草をふかしながら何か口遊《くちずさ》んでいた。

本を読んでいる。城の者から貸してもらったのだろう。歌は聞き取れない。

「それは貴方の国の歌ですか」

アダチは視線だけ上げた。煙を唇の狭間から吐き出す。

「あぁ。……いや、違うな。Over The Rainbowという曲で……俺の国ではない外国の歌だ」

「まぁ俺の世界の歌だな」と、アダチは素直に認めて本を閉じた。

「聴かせていただいても？」

「嫌だね」

アダチは素気なく言った。目の前に腰を下ろすアダマスを見つめて、珍しく言いにくそうに、「歌うのはそんなに得意じゃない」と付け加える。

「そうですか」

「そうなんです」

「その歌、好きなんですか」

アダチは煙の灰を払いながら滔々《とうとう》と答えた。

「好きというか、何となく思い出しただけ。二階堂さんがオズの魔法使いの話をしていたなと思って」

「オズの魔法使いとは」

「今の俺たちみたいな状況の物語」

アダチは聞けば大抵答えてくれる男だ。聞かなければ言わないが。

端的に、「少女が犬と共に家ごとトルネードで飛ばされて、魔法の国へ迷い込む話」と説明する。

「だからつまり、俺は犬なんだな」

「……少女らはその後、魔法の国で暮らしたんですか？」

「いや、戻った」

「戻ることができたんですね」

「簡単なことだった」

じわじわと、アダチはおかしそうにした。「簡単？」と、アダマスは首を傾げる。

「そう。帰る方法は実はとても単純なことだった。二階堂さんもそうなのかもな……」

「……犬も帰ったんですか」

アダチは悪戯っぽく目を細める。試すような目つきで、まず頷《うなず》き、

「帰った」

「ほう……」

「君は犬だけ留まらせるつもりらしいが」

「アダチは元の世界に帰りたいと思いますか」

アダマスは彼の瞳《ひとみ》を真っ直ぐ見つめた。黒い瞳には変わらず光が灯っている。アダチは面倒そうに煙を吐いた。

「何なんだ、今日は……今更だろ、帰さないと断言しておいて」

「貴方が幽鬼に取《と》り憑《つ》かれるところだったので」

「そんで、今頃になって案じてくれるのか。妻にするなど好き勝手言いやがったくせにどうもありがとう」

「貴方も好き勝手しているでしょう」

アダチは乱暴に火を消して、本を手にソファへ移動した。くたりと横たわり体の力を抜く。

「君の方が好き勝手している。主君と少しは仲良くしたらどうだ。俺を争いに巻き込むな」

「アダチが争いの発端になっているんですよ。陛下もなぜ……こんなことなかったのに」

「……」

「第一、妻にするようなことはまだ何もしていない」

読みかけのページを探していたアダチは沈黙し、やがて上目遣いでアダマスを見上げた。

「……まだ？」

怪訝《けげん》な様子のアダチに、アダマスは微笑みかけた。

アダチは慎重に黙っている。それからスッと視線を外し、

「どうだっていい……」

ため息を吐《つ》いた。

「本心だ。帰りたいという恋しさもここに残りたいという意欲もない。誰しも皆、何かの熱意に燃えているわけじゃない」

「ではなぜ盗みを働くのですか」

アダチはアダマスに視線を寄越さない。読みかけのページを見つけたようだ。

「それも何となく」

「何かきっかけがあったんですか」

「残念ながら、ないな。あったとしても覚えていない。何でもかんでも理由をつけたがるんじゃなーい」

「ニホンにも牢屋《ろうや》はあるでしょう」

「その通り。誰も俺を捕まえてくれなかった」

揶揄《からか》うように唇を歪《ゆが》めて、

「俺はここで人さえ殺したのに、拘束もされない。世の中ってのはどこも理不尽で凶悪だ」

と嘆き、ようやくアダマスに視線を遣った。

アダマスはアダチを見下ろし、「私が理不尽な極悪人だとでも？」と抑揚のない声で訊《たず》ねる。

「理不尽かは分からない。ここにはここの法律があるんだろ」

アダマスが微かに笑うと、アダチは身体を起こして座り直し、付け足した。

「それに、君は優しい」

「……は？」

思わず反応が遅れた。アダチは構わずに手のひらを見せてくる。

「煙草くれ」

「……」

求められるままに授ければ、アダチは嬉しそうに握りしめた。

「煙草くれるし」

「それだけで？」

「というより、なぜ君は自分が優しくないと思う？」

アダチは返答を聞く前に「火」と命じた。お望み通り炎を浮かせてやると、アダチは綺麗《きれい》な顔を火に近付けて、煙草越しに吸い上げた。

「どうもありがとう。優しいじゃないか」

「断ることを貴方が想定していないからです」

「俺が強欲みたいな言い方だ」

「……」

「答えを聞いていない」

強欲だった。自覚しているようで茶化すように唇を歪めている。悪魔みたいな笑みが妙に胸を刺激する。

「私は、軍神ですから」

「らしいな」

「私に情があると思う方が少ないですよ」

「へぇ……」

アダチはとぼけた顔をして足を組んだ。

――優しい。

私が？

アダマスは心の中で微笑んだ。

……心がない。

無数の人々に言われたことだ。逆に問いたい。心のある者があれほど多くの心臓を抉《えぐ》れるだろうか。

戦争では数えきれないほどの人間を殺した。血を浴びる人生だった。そうしなければこの国を守れない。

震えなどとうに忘れ、剣や杖《つえ》を握る手はいつだって真っ直ぐだった。絶え間なく繰り返されることが祈りになるのなら、戦いはアダマスにとって傲慢《ごうまん》な信仰だった。

そして遂には神の力が宿る。

あれほど赤い血を浴びたのに、アダマスに神の力を与えた大いなる存在はその色の意味を知らなかったらしい。

アダマスを染めた赤を、この瞳と揃《そろ》いの装飾だとでも思ったのだろうか。

——ただの人間が唐突に言った。

「殺してもよかっただろ」

アダマスは夢が覚める心地で、アダチを見た。

アダチはせせら笑っている。

「俺をあの森の、あの屋敷で」

「……何を」

「そうだろ？　取り憑かれる前に殺せばよかったはずだ」

アダチは雑な口ぶりで言った。その悪魔の声は美しい。

「けれど君はそうしなかった。無垢《むく》なあの子が怯《おび》えていたからじゃないのか」

「貴方は私を知らないんだ」

「あぁ、そうだな。俺の観点からの評価だよ」

「……」

「男の俺を迷わず犠牲にしたことも評価できる。さすがだな。中央で勝負してるだけある」

不毛な会話だ。アダマスが本心を告げなければアダチの仮定は証明されない。

「何ですかそれ……」

しかしアダマスは、肯定や否定よりも前に、おかしくてたまらなくなった。

「何を言っているんですか、貴方は」

どうにも気が抜けてしまう。アダチと話していると身体の中の一番柔らかいところに熱がこもる。

アダチは眼差《まなざ》しを和らげた。

「君の素性は知れないが、俺だって同じようなものだ。全てを晒《さら》さなくても、理解されなくてもいいだろ。本当の自分なんて洒落《しゃら》くさいもの……」

アダチは煙草をふかして、ソファに寝そべると、また本を読み始めた。アダマスが本心を明かさないように、アダチの心も不明瞭《ふめいりょう》だ。

軽佻浮薄《けいちょうふはく》な男だった。それでいて何事にも動じない。だがアダマスは同時に思う。

動じないならばアダチはそこから動かないのか。同じ場所に置かれ続けたものは腐る。それでも動かないのか。

「アダチ」

「何だ。いい加減帰ったらどうだよ。ヒマすぎるだろう」

アダチはソファに沈んだまま返事した。

「盗みでは何を取るんですか」

「忘れた」

「忘れるようなものばかりですか」

「というか別に、何もしないこともある。漫画を読んだり……」

「欲しいものがあって侵入するわけではないと」

「あー……」

答える気がなさそうだ。アダマスはアダチを覗《のぞ》き込む。銀の長髪が彼の顔にかかり、アダチは小さな声で「邪魔」と言った。

「貴方の国の美しいものを懐かしく思ったりしないのですか」

「あー……」

寝言みたいな声を洩《も》らしたアダチだが、義理立てするかのように小さく笑う。

「でも、あれはよかったな」

「あれとは」

「昔、静岡の沼津《ぬまづ》で……海辺で見た花火は、綺麗だった」

「花火ですか。この国にもありますね」

アダチは相槌《あいづち》代わりに目尻《めじり》に皺《しわ》を寄せる。

「花火が好きなんですか」

「綺麗だったんだ。海面から花火が上がるのが俺にとっては珍しくて」

「ふぅん」

「……もういいだろ。眠い」

「アダチ」

跪《ひざまず》いて彼の視線に合わせる。アダチは驚いて目を見開いた。アダマスが彼の頬に触れたからなのか、二人を黄金の炎が包んだからだったのか。

「……は？」

気付けば夜の海辺に立っていることにさすがのアダチも動揺を隠せない。

アダマスは腕をゆらりと前に掲げて、夜を立ち上がらせるように腕を上げた。

「こういうことですか」

海面から光の束が夜空へ向かった。

白い壁が一面に広がりアダチの横顔を照らす。それは幕開けの合図だ。光の壁が弾けて溶けていくと、色鮮やかな花火が命を得たように次々と夜空を目指した。

アダチは呆然《ぼうぜん》と見つめていた。黒い瞳に、アダマスの生み出した光だけが溢《あふ》れる。海面に花火が反射して映った。が、しかしそれは消えずに、自由に夜の海を泳ぎ始める。

夜空を埋める花火は息を合わせて踊るように、夜の海に映る花火は空の花火とは違う動きで思いのまま泳いだ。

「どうですか」

色鮮やかな光景を真っ直ぐに見つめていたアダチは、薄く唇を開く。

「……全然違う」

「これじゃあ……、美しすぎる」

「なんと」

アダチは唇を引き結び堪えるように力を込めた。けれど微笑んでいた。アダチの横顔が魔法の花火に照らされている。

アダマスはふと考えた。

永遠は一瞬にしか存在しない。

この一瞬が永遠だ。

そして永遠は複数存在する。

アダチが横にいる限り。

魔法の花火に熱はなく、海辺と銀髪を柔らかく揺らす風にも熱はない。しかしアダマスは燃えるような思いに支配された。

――そうか。

愛は熱だった。恋が燃えるとその炎は心を溶かす。溶けた想いは皮膚を這《は》い、爪先まで伝わる。この指でアダチに熱を移せたらいいのに。そうやって心底彼を欲するが、ただ触れずに見つめていたいとも思う。矛盾が胸を焦がした。また熱が溢れゆく。これは断ち切ることはできない。

「綺麗だな」

アダチは、アダマスがアダチのためだけに咲かせた花々を見上げている。

彼が盗んできた多くのものの中に、本当に彼が望んだものはあったのだろうか。

アダチが望むものを全て、アダマスのもつ魔法の何もかもを使ってでも与えたいと思った。

アダチは光を見つめている。アダマスはアダチを見つめていた。

アダチを、どの光よりも美しく思った。

「安達！」

——アダマスの声がする。

何度も、何度も。うつろに瞼《まぶた》を開くと、銀色の髪が視界に入った。それから視線を上げれば、

「安達！　大丈夫ですか！」

神々しいほどの美しい顔がそこにある。

安達は心で呟《つぶや》いた。

うるさい……。

「しっかりしなさい！　……死んでしまう⁉」

「アダマスさん、落ち着いて」

後ろに唯子の姿もある。安達はぐったりとソファに横たわった体勢で、視界を遮断するべく瞼を閉じる。

「安達さん、暑くてバテてるんですよ」

「こんなにぐったりとして……」

「暑さに弱いんですね。可哀想《かわいそう》に。北国育ちだからかなぁ」

アダマスは安達の傍で膝《ひざ》をついた。何度も頭を撫《な》でてくる。近頃は特にアダマスの様子がおかしい。

「どうすればいいんですか、私のありったけの加護で」

「落ち着いてください」

「……寝ていただけだ」

あまりにも騒がしいので安達はようやく声を出す。アダマスは心底苦しげな顔をして、「顔が赤い」と言う。

唯子がこの部屋にいるのはまだ理解できるとして、なぜ大元帥まで此処《ここ》にいる。アダマスは汗で湿った安達の前髪を丁寧に撫でて、今にも加護を唱えようとしている。

「やめろ。少しじっとしてれば治る」

「こんなに憔悴《しょうすい》しているじゃないですか」

「いつの間に帰ってきたんだ。二百五十万人の部下はどうした」

「私が少し抜けるだけで滞る組織はその時点で窮地ですよ」

「……真理だな」

とち狂っているのか冷静なのか分からない男だ。安達は深く息を吐いた。

安達の世話係として配属されているニック青年が傍で申し訳なさそうに眉《まゆ》を下げている。細々とした声で、

「申し訳ありません。お部屋の温度が悪かったですね……僕のせいです」

「君のせいではない。俺が庭でのろのろ散歩していたせいだ」

この国にも季節があるらしい。気候はまさしく夏のそれになっていた。

ユークリット皇国に落ちてきてから四ヶ月近くが経っている。落ちてきた時の日本はまだ肌寒い十月で、この国は春の気候だった。どういった間隔で季節を繰り返しているのかはまだ曖昧《あいまい》だが、今は確実に夏の季節だった。日本とここで経過時間にさほど違いがないと良いのだけど。唯子が戻った時、令和などとっくに過ぎていた、なんて展開では悲惨だ。

「少し体調を崩しただけ。あと一、二時間おとなしくしていれば戻る」

「私が傍にいます」

ニックが何か言う前にアダマスがキッパリと告げる。安達は眉を顰《ひそ》める。

庭で眩暈《めまい》を起こし部屋に運ばれたのがたった十分前だった。それから少し眠っていただけなのに、アダマスは既に駆けつけている。こうなってくると転移魔法も厄介である。

スティリーは主人の暴挙を諫《いさ》めるように告げた。

「アダマス様、何も貴方が自ら世話しなくても……」

「私がやる」

アダマスはすっくと立ち上がり、「滋養に効く茶を用意しましょう」と髪を耳にかけた。スティリーが小さく項垂《うなだ》れる。唯子は同情するような笑い方をした。

「これじゃ本当に国が傾くかもしれませんね」

「ユイコ様、恐ろしいことを言わないでください……」

「傾かせないよ。俺の国だからね」

声の後に彼はやってきた。白い光の粒が湧き起こり溶けていくと、現れたのは、マカリオスはまだ僅《わず》かに残る光の煙を蹴飛《けと》ばして颯爽《さっそう》とやってくる。遅れて、側近のタキスも背後に現れた。黙っていたクロエとニックが青褪《あおざ》める。スティリーは今にも頭を抱えそうな様子で指を額へ当てた。

「陛下」

アダマスは冷たい表情で皇帝を見遣る。

「何をしにいらしたんですか」

「安達が寝込んでいると聞いて」

「公務にお戻りください」

「お前もな」

狭い部屋ではないが魔力の密度が高すぎる。対峙《たいじ》する二人を安達は疲れて見上げ、腕で顔を隠す。

「次から次へと……」

「安達が暑さでやられたようじゃないか。大将、そこを退《の》いてくれないか」

「私が傍にいますので陛下はお帰りください」

「お前の城でこうなったんだろ」

スティリーがクロエとニックに目配せし、彼らを部屋から逃してやる。唯子は皇帝と軍神を横目にしながらも平然と、安達のための茶を着々と用意し始めていた。彼女も随分図太い女になっている。

アダマスは言い返せずに鋭い眼差しを向けている。向けられたマカリオスは試すように微笑んだ。

側近のタキスは黒髪の四十代ほどの男である。見かけだけならマカリオスより年上だ。スティリーとも勿論《もちろん》顔見知りで、「陛下はアダマス様の城にアダチ様を預けるのをご懸念していらっしゃいます」と言い切る。

スティリーが動じずに言い返す。

「この城は国内で一番安全ですよ。アダチの体調もすぐに戻ります」

「実際に崩していらっしゃるようではありませんか」

「タキス様のご心配には及びません」

それぞれの部下が代理戦争を担い始めた。安達は吐息混じりに「煩《うるさ》すぎる……」と呟く。その全てを無視した唯子は安達の視線に合わせて跪き、

「安達さん、冷たいお茶です。起き上がれますか？　ストローみたいなのがあればいいんですけど」

「大丈夫。手間かけさせた」

「お気になさらず」

安達はソファに手をついてゆったりと身を起こした。すかさずマカリオスが隣に腰掛ける。

「気分はまだ悪い？　せっかく隔離された城なのに気候が一緒なのはどうかと思うね」

アダマスは反対側の隣に腰を下ろした。

「起き上がって大丈夫なんですか。私が飲ませましょうか」

「自分で飲める」

「本当に？　それ結構苦いんじゃない？　口移ししようか？」

「気持ち悪いことを言うな」

安達は茶を口に含み、ゆっくりと飲み下す。確かに苦い。中国茶を彷彿《ほうふつ》させる独特な香辛料の飲み物だ。苦味が舌に残って良い気はしない。

それよりも面倒なのは両サイドの男たちだった。二人とも仕事の真最中だったようで威厳のあるややこしい服を着ている。

唯子は傍を離れてスティリーの近くに避難し、呆《あき》れ混じりに呟いた。

「神々が必死に人間の気を引こうとしているみたい」

「安達、これを食べな。水分と栄養がたっぷり含まれている。口を開けてごらん」

マカリオスの手のひらに忽《たちま》ち黄色い桃のような果実が現れる。

「陛下、私にお任せください。そしてお戻りください」

アダマスがすっと指を横に引くと、果実が目の前で浮遊し一口サイズに変化した。

「……」

安達は背もたれに寄りかかり、表情なく不思議現象を眺めている。

「服が良くないんじゃないかな。安達のために幾つか用意してきたんだ。着てみる？」

「マカリオス……皇帝陛下、さっきっから貴方は」

「着せるとは言ってないだろ」

「私が安達の世話をしますのでお引き取りください」

「軍神ともあろうお前が情けないな。そう余裕がなくてどうする」

「何度も申し上げた通り安達は私の妻です。私が奉仕するのは道理でしょう」

「お前の魔力も香らない妻？　笑わせる」

言い合っている最中も、男たちは空中に浮遊する果実を一つ取っては安達の口に放り込み、飲み込むと、また他方が口に放り込むのを繰り返してくる。

なぜ野放しにしているのか。それは単に気力がなかったからだ。安達はとにかく元気がなかった。皇帝と半神の喧嘩《けんか》を止めるほどの活力は持ち合わせていない。むしろなぜ俺がそんな面倒なことをしなければならないと怒りすら覚える。

瑞々《みずみず》しい果実は美味《おい》しかった。

「汗かいてるね、可哀想に」

「安達に触れないでください」

「見ていただけだろ。まだ触れてなーい」

「まだって何ですか」

ステイリーが遠い目をした。

「アダマス様……皇帝陛下……」

唯子は半笑いで言う。

「兄弟喧嘩《きょうだいげんか》みたいですねぇ」

たった十数分前まで庭園で呑気《のんき》に散歩していただけなのに。安達は後悔していた。この国の気候を舐《な》めていたのだ。

「安達、ベッドで休みましょうか」

「まだ顔が火照っている。気分はどう？」

「だから触れるなと」

「お前が城の気温を管理しないからこうなるんだ」

「陛下の膨大な魔力で国全体の気候を整えてみては？」

「君たちまだ喧嘩するのか」

座っていたらかなり気分も落ち着いてきた。安達は不意に立ち上がり、皇帝と軍神を残して寝室へ向かう。すぐに反応したのは唯子で、とことこ追いかけてくる。

「安達さん、とても大変そうでしたけど大丈夫ですか？」

「気にするな。日没までに体調を整えるから」

ベッドに腰掛ける。足を放り出したまま上半身だけ、こてんと横になる。じっとしていると、アダマスが近付いてきて背中に腕を差し込まれた。

魔法ではなく彼の手ずからベッドの中央へ身体を横たえられる。

「日没？」

マカリオスが不思議そうに聞いてきた。アダマスは安達の髪を撫でつつ、横顔だけ皇帝に向ける。

「今宵《こよい》は街に降りて祭りに参加する予定です。陛下はお気になさらず」

「あぁ、あれか……へぇ。俺も行こうかな」

「陛下」

タキスが無表情で咎《とが》める。マカリオスもさすがに冗談のようで「分かっている」と笑った。

アダマスは枕元に椅子を造り出して腰掛けた。安達の顔を心配そうに見下ろす。

「治癒の魔法は使わなくていいんですか」

「いちいちそうしていたら自分で健康管理ができなくなる」

「そうですか……無理はしないように。気分が優れないなら街に降りなくてもいいんですよ」

「少し休めば平気」

安達は目を閉じて、静かに息を吐いた。

それから瞼《まぶた》を上げ、安達を見守るアダマス、マカリオス、唯子、スティリーやタキスへ力なく微笑む。

「それに俺も楽しみにしていたんだ、今宵を」

一同が黙り込んだ。目を見開き、数秒時が止まったかのように静寂が訪れる。

口を開いたのはマカリオスだった。やけに真剣な目で安達を凝視して、

「安達。やはり俺と結――」

「千年契約の夜はとても綺麗《きれい》ですよ。楽しみですね」

アダマスは柔らかく目を細めて安達の前髪を流した。少しだけ冷たい、心地よい指だった。

千年契約の夜。大陸に存在すると言われる聖なる泉と森、魔法使いとが、女神と不浄の契約を交わす夜のことを意味する。神話のような話である上に、この島国には聖なる泉そのものが存在していない。だがこの年に一度の祭りは昔からの慣習で、それぞれの街にて祝われるらしい。

唯子が「安達さんの儚《はかな》い笑顔、破壊力凄《すご》いなぁ……」と独《ひと》り言《ご》ちる。スティリーやタキスは安達から目を逸らし、能面のような顔で口を閉じている。

安達は薄く目を開き、どこともなく宙を見つめる。

「君たちは仕事に戻れ」

「君たちって俺も含まれてる？」

「当たり前でしょう。陛下は直ちにお戻りください」

「アダマス、君もだ」

それを皮切りに部下たちが各々の主人を回収する。「行きますよ陛下」「アダマス様、戻ります」と引き剝《は》がしにかかる。

聞き分けのない子供たちではない。マカリオスは「はいはい」と軽く微笑んで、片手を上げた。

「じゃあね、安達。また来るよ」

「頻繁にいらっしゃる必要はありません」

マカリオスは淡く虹色《にじいろ》の混じる光に包まれて、アダマスの言葉に声なく笑う。瞬きすると既に彼と側近は消えていた。

軍神は深いため息をつき、安達を見下ろした。

「私も戻ります。しっかり休みなさい」

「……」

安達は首を小さく揺らした。アダマスは満足し、次の瞬間には鮮やかな黄金の炎に包まれていた。

追いかけるようにしてスティリーもマントを翻す。それは大翼の形に変化して、飲み込まれるように姿を消す。

唯子と二人きりの空間は嘘《うそ》のように静かだった。彼女は何とも言えない微妙な笑い方をした。

「安達さん、国のトップ二人を争わせちゃうなんて、ほんとにこの国滅んじゃいますよ。酷い人ですね」

「俺のせいにするな。自滅だろ……」

「やっぱり国って他国からの侵入で滅ぶんですねぇ。アメリカ史を彷彿とさせる。安達さんのことコロンブスって呼ぼうかな」

「あれの敗因は天然痘だ。俺は疫病じゃない」

「苦しめられてる方ですもんね。どこか息苦しいところとかありますか?」

「もう少し休めば元通りになる。眠るよ」

「はい」

唯子はニコッと笑って「あとはニックさんに任せますね」と言った。

「安達さん、おやすみなさい」

——目を閉じるとようやく自分の息が聞こえる。

どいつもこいつも騒がしすぎる。どいつはマカリオスでこいつはアダマスだ。

だが、やっとのこと一人きりになれたのにまだ意識の隅には彼がいた。

子供ではないのに額を撫《な》でられただけでどうしてああも心が落ち着いてしまったのだろう。アダマスの指が気持ちよかったからなのか。

瞼の裏は真っ暗だ。ふと、以前に見た花火が脳裏をよぎる。

アダマスの生み出した、夢のような光景――。


陽が落ちる頃、アダマスが迎えにきてくれた。連れられて庭に出ると、クロエに施されたのか着飾った唯子がいた。

「安達さん、もう体調は大丈夫ですか？」

「あぁ、問題ない。軽い熱中症だった」

「熱中症は軽くないですよ……」

「その通りだな」

長い黒髪は片方の耳の下辺りで一つに纏《まと》められている。宝石のような、金平糖のような淡いパステルの粒が散らばっていた。夜空をイメージさせる髪型だ。衣装は、エメラルドのワンピースだった。シンプルではあるが動くたびに裾《すそ》がふわりと揺れる。妖精《ようせい》のよう。

「ドレスも似合ってる」

「ありがとうございます。安達さんも素敵ですよ」

「俺はそう変わらないだろ」

アダマスに一瞬にして着替えさせられたものだ。普段よりは高級感のある衣服だが然程《さほど》目を瞠《みは》るものでもない。

場に集まっていたのは他に、スティリーとクロエだった。各々、私服というより騎士のような格好をしている。クロエは魔法軍に所属している。護衛として唯子の侍従になっているのだ。アダマスに至っては、安達には彼そのものであるがここにいる者以外には別人に見えているらしい。

「それでは行きましょうか」

この城は街とかけ離れている。転移魔法を使うのだ。アダマスは、赤い視線を遣った。

「クロエ」

指名されたのはクロエだった。一瞬だけ固まった彼女だが、すぐさま「はい！」と応える。

いつもならアダマス自らかスティリーによって転移される。クロエがその魔法を用いるのは安達にとって初めてだ。唯子が目を輝かせた。

クロエは小さく唾《つば》を飲む。スティリーが頼もしそうに彼女を見遣る。クロエは今、真価を試されているらしい。

「……転移いたします」

彼女は杖《つえ》を地に向けると、ふっと息を吐いた。

聞こえるか聞こえないかの声で何かを囁《ささや》く。すると次の瞬間には地上から翠《みどり》の光が湧き起こり、それは蔦《つた》の形をしていて、一行を瞬時に飲み込んだ。

……耳に、騒がしい声が入り込んできた。

瞼を開くと、そこには、

「わぁ……っ！」

唯子が歓声を上げる。

星が満ちるだけであった夜空が金色の光の球体で溢《あふ》れていた。

時々破裂しては花々が降ってくる。身体に触れると雪のように溶けた。夜空に、光で造られた巨大な人魚が泳いでいる。あれも魔法か。人魚たちは麗しく下界を見下ろして、星をお菓子のように口にすると、微笑んだ。

地上には屋台が立ち並び、音楽が満ち溢れている。甘い匂いも食欲を煽《あお》る香りも漂っていた。人々は笑い合い、歌い、食べ、踊る。

地面の石畳が透けて、煌《きら》めく魚が泳いでいるのが見えた。安達の靴をつつき、気持ちよさそうに泳いでいく海の生き物たち。

「すごい！　クロエさんありがとう！」

唯子が弾けるように笑った。クロエが目を大きくして、「はいっ」と心底嬉《うれ》しそうに頷《うなず》く。

少女は早速街を見渡している。クロエがほっと胸を撫で下ろしていると、アダマスが彼女を見下ろして告げた。

「美しい魔法でした」

「……っ！　はい！　ありがとうございます！」

クロエは緊張の面持ちではあったが嬉しさを滲《にじ》ませていた。

スティリーが続けて言う。

「よくやったな」

笑いかけられたクロエは、しっかり頷いて「ありがとうございます」と力強く答える。アダマスとスティリーの二人は、空を見上げてぐるぐる回る少女のもとへ向かった。

「クロエさん、ありがとう」

安達も告げると、クロエはようやく安堵《あんど》して息を吐く。

「はい……緊張しました」

「だろうな。大上司に魔法を振るうなど」

「大上司」

クロエはくすくす笑う。偉大なる軍神にチャンスを与えられる彼女は優秀な部下なのだろう。

向こうでは唯子が目を煌めかせて地面を指差している。

「クロエさん、安達さん、見て！　ここ魚泳いでいます。これって古代種じゃないですか？　どうなってるの？」

楽しげな唯子をアダマスとスティリーが見守っている。安達は独り言のように呟《つぶや》いた。

「心が溶けるような魔法だったよ」

「ありがとうございます」

「軽い森林浴を味わった」

「ふふっ……アダチ様にも力をもらいました」

「俺に？」

意外な発言に安達は隣を見下ろす。クロエは唇を閉じて目を細め、頷いた。

「だってアダチ様、無茶ばかりするから」

辺りは笑い声で満ちている。会話は二人だけの間に流れていた。

「ゴラッド公爵閣下の城から物を盗んできたり、皇帝陛下相手に怯《ひる》まなかったり。アダマス様を馬で振り回したかと思えば、霊鬼に手を伸ばすなんて……」

クロエは優しげに「それに」と呟いた。

「城がこんなに明るくなったのはアダチ様のおかげです」

「そんなことないだろ」

クロエは小さく横に首を振った。少しだけ力を込める。

「アダチ様のおかげです。アダマス様がこうして祭りに出てくるなんて……私たちは皆、アダマス様を愛しているけれど、こんな風にあの人のお姿を見ることができるなんて思わなかった……私も勇気を出しませんとね」

清々《すがすが》しい表情だった。あらゆる光に照らされた彼女の横顔を見つめ、それから、安達は向こうの三人に視線を移した。

「買い被《かぶ》りすぎ。捕まっていないだけの罪人だ」

「ふふふ」

唯子は石畳を指差してスティリーと笑い合っている。クロエの、唯子を見守る眼差しは優しい。

すると、唯子がハッとして後ろを振り返った。目を丸くして凝視するのは、幼い魔獣だった。

ツノの生えた猫だ。今では安達も視認できる。まだ小さく、魔法使いの男女がそれと共に暮らしているようだ。会話の内容は聞こえないがスティリーが男女と和やかに話している。魔獣は唯子に近付いて、人懐っこくツノを足に押し付けていた。

周りにいた他の魔獣たちも唯子に近付いてくる。羽の生えたポニーのような魔獣や、手のひらサイズの虎、ずんぐりとした蛇。比較的身体の大きい魔獣は敬うように一歩引き、小さな魔獣は唯子の足をちょこんと、耳や鼻先、それぞれの身体の一部を押し付ける。

唯子は驚いていたが、やがて穏やかに目を細めた。

——日本ではこの世ならざるものに怯《おび》え、隠れるばかりだった。

けれど今は、この世ならざるものに微笑み、優しく撫でている。

すると魔獣たちは喜び、恭しく頭を下げた。

「あの方は……」

クロエが囁く。

「王なのですね」

憧《あこが》れるような響きだった。

すると唯子がこちらに身体を向けた。手を振って、「クロエさん、安達さん!」と呼んでいる。クロエと安達は目を見合わせて軽く笑い、三人のもとへ向かった。

唯子はまず食べ物を欲した。安達も腹が減っていたので、彼女の後をついていく。屋台を覗《のぞ》いては、大人たちに縋《すが》るような目をする。あからさまな媚《こ》びが面白い。他人には、恰幅《かっぷく》の良い裕福そうな中年に見えるらしいアダマスが支払う。スティリーとクロエはそのたびに、「アダマス様が……」と驚いていた。

「安達さん見て！　このケーキ凄《すご》く可愛い。原宿で並べたら長蛇の列ですね」

メルヘンな店の前で立ち止まり、スイーツ好きの唯子は歓声を上げた。安達も肯《うなず》き、「かもな」と同意する。

「ケーキかぁ……安達さんって誕生日いつなんですか？」

突然の会話の転換に安達は一瞬言《い》い淀《よど》む。

「覚えてない」

「覚えてないわけないでしょ！」

「あるんだなこれが」

「年かな」と言って、安達はケーキを見下ろした。芸術品のようだ。カラフルな数々が並べられている。唯子が咎《とが》める口調で言った。

「まだ二十八でしょうが！」

「そうだな。若いよ俺」

「もう。何か作ってあげようと思ったのに」

安達は別の屋台に目を向け、「二階堂さんは器用だな」と呟く。

「はい。ケーキとか挑戦したいなって」

「甘いものはそこまで好きじゃない」

「へー……よく食べてるから好きなのかと思ってた」

安達は言葉なく笑った。

クロエが加わり、ケーキを物色し始めた。城の者への土産にしようと相談している。スティリーが女性たちを見守っている。安達は少し離れたところにある花屋を眺めた。花たちは踊るように揺らめいている。植物にも魔法使いがいると聞いたが、彼らは意思を持つのだろうか。

「安達」

話しかけられたので振り向く。『恰幅の良い中年男性』……是非拝見したいものだ。安達はニヤリと唇を上げ、「よぉ大将」と応じた。

「設定は何だ？　あの二人は君の娘か」

「見かけだけならそうかもしれませんね」

安達は女性陣とスティリーに視線を遣る。夜空に巨大な鯨の幻想が泳いでいる。三人で楽しそうに空を指差していた。

ちょうど、夜空に浮かぶ黄金の球体が一斉に弾けて桃色の花々が落ちてきた。その一つをスティリーが魔法で覆って、消えずに留まった花をクロエに差し出している。クロエは恥ずかしそうに頰を染めて受け取り、唯子は軽やかに笑った。

「来て良かった」

安達は心から告げた。

アダマスが人差し指を微かに振る。辺りが一瞬白んですぐに透明になる。安達とアダマスの会話が聞こえないように膜を張ったのだ。

「ユイコは安達に懐いていますね」

「同郷のよしみだ」

「あの子は一人で帰ることができるのでしょうか」

「……帰れる、彼女なら」

アダマスは暫《しばら》くして、単調な声で切り出した。

「ユイコから、貴方のふるさとが津波に襲われたと聞きました」

「あぁ、そう」

安達は足元の魚が気になって仕方ない。

「安達が魔法や霊鬼を恐れないのはそのせいですか」

安達は俯《うつむ》いたまま横目で彼を見上げた。この会話は周囲から遮断されている。ゆえにアダマスは明け透けに聞いてくる。

安達は暫く足元の魚を眺めていたが、息を吐いて、顔を上げた。

「二階堂さんにどう聞いたかは知らないが……アレは、もっと別のものなんだ」

アダマスは先を促すように押し黙る。魔法や霊鬼は安達の常識とはかけ離れている。それを恐れない安達を、アダマスが不思議に思って、理由と結びつけたがるのは当然だ。

だが魔法との因果はない。魔法なんかじゃない。

「そうじゃない。魔法のように残酷性も美しさもないんだ。青くうねる波ではなくて……美醜なんてもんはない。とにかく異質で、次元が違う」

安達は淡々と言った。

「酷く暗澹《あんたん》としていて暴力的だった。海が黒い山みたいになって、地響きと共に突撃してくるんだ」

この世のものではないように。けれど確かにあの世界のものだ。

「俺は十七だった。俺の居た場所も飲み込まれたが、必死に窓枠に摑《つか》まっていた。同じようにしがみついていた奴らが目を剝《む》いたまま水ん中に消えていった。俺の国ではな」

「煙草は二十歳まで禁じられているんだ」と、安達はこめかみに指を当てた。

「でも俺はその頃から雑な嘘ばかり吐《つ》いて、ライターを隠し持っていた」

アダマスには伝わらないだろう。火の灯る道具だよ、と説明する。アダマスは軽く頷いた。

「水温は外気より温かかった。波が引いた後、俺は頭上の隙間に水に濡《ぬ》れないように置いておいた煙草に火を点《つ》けて朝まで過ごした。凍えて死んだ友人もいたと聞いた」

冬だか、春だか。

安達は滔々《とうとう》と告げる。

「何から何まで憶《おぼ》えているわけじゃない。だから話すこともなかったし、それが魔法への恐怖の欠如に繫《つな》がっているかと言われると自信はない。……早く忘れて前に進めと言う連中もいたが、前に進むという言葉の意味が分からない。忘れるとは何を？　記憶は脳にこびりついていて、個体になっていない。忘れるべきものが見えない。頭の中に正体不明の妖怪《ようかい》が……魔獣が潜んでいるような違和感で、それは懐かしくもある。残念ながら俺は参考にはならないだろうよ。単に俺は、頭がおかしいんだ」

「それが安達なんでしょう」

安達はアダマスを見つめる。

彼の長い銀髪が夜風に揺れている。

赤いルビーが安達を射抜いた。安達は無表情のままその視線を受けて、やがて逸らした。

「……幽鬼を見たのはこの世界が初めてではない」

安達は深く息を吐いた。アダマスが反応する。

「上にもいるのですか」

「死んだ霊という意味では。妹がいたと話したのを憶えているか」

「勿論《もちろん》」

「俺たちは二人で暮らしていた。妹が死んだ後の朝がよく思い浮かぶ」

1LDKの部屋だった。個室は妹の物で安達はリビングで寝ていた。よく妹は『リビングの座敷《ざしき》童《わらし》』と自分で個室を奪っておいて揶揄《からか》ってきた。

「あいつの部屋のカーテンから朝陽が、ベッドに差し込んで、風もないのにカーテンが揺れた。妹はそこで眠っていた。今まさに目覚めたばかりで、窓の向こうの空を見上げたんだ」

安達は扉の前で立ち尽くしていた。

「自分が死んだことに気付いたんだろう。俺には分からないが、妹の見た朝は、死んだ者だけに見える光が在ったんだ」

それから瞬きをしたらもう妹は消えていた。つい今し方までここで眠っていたように、布団はめくれて、朝陽で温まっていた。

安達が窓から見た朝は、何の変哲もない都会の風景だった。

「俺は何もできなかった。どうすることもできずに……だからマカリオスの言葉に安堵《あんど》した」

「陛下は何と仰っていたのですか」

「『取り戻すことはできない』」

どの世界でも。

安達は自然と笑っていた。

「人の命や歴史は取り戻すことはできない。それを聞いて安心した。俺があの瞬間できることは何もなかった」

アダマスがゆっくりと瞬きする。

「君たちは失わないように守ろうとするんだな」

「陛下の御意志です」

「君たちの信念だろ」

アダマスは黙った。安達は本心から笑いかける。

「俺を二階堂さんの代わりにしたのは英断だった」

アダマスが試すように目を細めた。安達は戯《おど》けるように笑って、

「戦争のトリガーにならないよう二階堂さんを元の世界へ帰し、かと言ってそれでは二階堂さんを殺害した疑いをかけられ争いに発展する。ならば魔力のない俺を妻にして、奥に隠す。軍神の妻には人

間如きが不用意に近付けない。制度の中に召喚物を組み入れた。実態は女神ではなく俺だから、俺もある程度は好きにしていられる。あの一瞬でうまく判断したよ」

アダマスは微笑んだ。

「まさかここまで風変わりな男だとは思いませんでしたが」

「そこはご愛嬌《あいきょう》だ」

「想定外です」

「君たちはゴラッドと戦争を起こさないんだな」

「……陛下は、歴史を失くさないと決めました」

その声に暗澹たる気配が滲《にじ》んだ。忌み嫌うように彼は告げる。

「惨《むご》い時代でした。皇帝は血で始まり血で終わる。それと共に失われる国民の命の数も増幅する。強者が上に立つという考えの最終形態です。愚かな歴史でした」

それから口調が明瞭《めいりょう》になる。

「マカリオス皇帝陛下は魔法使いとしてその時代を終わらせると共に、過去の歴史を抹消しないと決めました」

――『付き合うよ、永遠』

アダマスの瞳《ひとみ》に崇拝の気が混じる。

「そう、陛下は仰いました。あの時代の残骸《ざんがい》を捨てない。ゴラッド閣下のような連中とその野望に、陛下は延々応じると決めたのです。争いが起きて、傷を負うのは国民だ。ならば争いを起こさないように隠密《おんみつ》に進める。これが陛下や私たちの政治で、戦争なのです」

その深い赤の瞳に光が宿る。

マカリオスとアダマスたちの戦いは続いていく。

血の野望が途絶えるまで。魔法使いの王として畏怖《いふ》を与え、神として上に立ち、戦う。たとえリオスが力尽きたとしてもその骨を拾い後に続く者が必ず出てくる。

必ずだ。

全てはこの国を守るためだった。

——安達の視界には、美しい光景が広がっている。

「安達さーん」

無垢《むく》な唯子が笑ってくれる。

結界が溶けていくのが分かった。

「少し話しすぎた」

「お互い様でしょう」

千年契約の夜は魔法に満《み》ち溢《あふ》れていた。石畳の下で魚群が通り過ぎていく。色とりどりの魔法に目を奪われる安達だが、アダマスは安達だけを見つめている。

「私は安達のことを知りたい」

その声に導かれて彼に視線を向ける。

真剣な表情だった。世界には心を奪う美しい光景がいくらでもあるのに、安達は彼から目が離せない。

「……他人に踏み込むということは」

安達は呟《つぶや》いた。いつだって軍人として……軍神として自分を着飾るアダマスへ。

「他人の心に踏む込むためには、自分も裸足《はだし》になり己を晒《さら》さなければならない」

「安達になら」

アダマスはだが即答した。安達は唇を閉じて唾《つば》を飲み込んだ。

どれほど時間が経っただろう。やがて吐き出す。

「……二階堂さんが呼んでる」

唯子のもとへゆっくり歩いていく安達をアダマスは止めなかった。まるで逃してやるみたいだ。唯子が心配そうに見上げてくる。

「安達さん？　何かあったんですか？」

「政治の話」

「政治って安達さんを動揺させるほどのものなんですねー……」

険しい顔つきの安達を見て、唯子は「二十歳になったら選挙に行こう」と微かな声で独り言を呟く。

動揺などしていないと言い返す気力もなかった。動揺はしていない、はずだ。

「少し付き合ってくれませんか？　クロエさんにプレゼントしたいんです」

「あぁ」

クロエはスティリーと話し込んでいる。そこにアダマスが加わった。

少し離れた店にはアクセサリーが並べられていた。宝石を眺め下ろし、唯子が言った。

「安達さんはやっぱりここに残るんですか？」

内緒話をするような声だった。唯子は横目で笑いながら安達を見た。

「寂しいけれど、でも……アダマスさん、安達さんのこと心から好きみたいですしね」

「……」

「え、何ですか、その顔」

安達は深刻そうに黙る。唇を引き結び、アクセサリーを睨《にら》みつけた。唯子は不審そうに顔を顰《しか》め、

「やっぱり変な人」と言った。

「安達さんのリングの宝石みたいなのがいいな」

「これか？」

「いや外さないでくださいよ」

「それとか近いんじゃないか」

「もう……綺麗《きれい》な宝石」

唯子はリングと商品を見比べながら真剣に吟味し始める。軍で使えるように髪留めをプレゼントしたいのだと言う。

安達は額を片手で覆った。自分では『何ですか、その顔』をしているつもりはない。勝手にそうなってしまうのだ。会計に入る唯子を眺めながら、それでも胸の中には先刻のアダマスの言葉が留まっている。

次第に肥大化する。アダマスの言葉や表情だけが胸を占めていく。

安達はため息をついた。

……同時に、何かの気配を感じる。

振り向いてからは。

——一瞬だった。


会計を終えた唯子が背後を振り返る。

あたりを見渡して、ぽつりと声が落ちた。

「……安達さん？」


殴打された頬よりも口の中が切れているのが苦痛だった。唾液《だえき》と血が溢れ出しているのに吐くこともできない。

「暴れるなよ」

——暴れてないが。

口元は縄で縛られて、両腕は極悪な顔つきをした男に押さえつけられていた。店で安達の腕を摑《つか》んだのは、どこにでもいそうな温和な男であったが、転移された場所には明らかに悪事に手を染めていそうな男たちがいる。

確認できる範囲では六人だ。温和な男のみが魔法を使えるらしく、安達を拘束している男は物理で封じ込めてくる。

この小屋への転移魔法は、乱暴だった。激しい頭痛を伴う衝撃で、アダマスらがどれだけ優秀なのか改めて認識する。意識もままならない状態で頬を殴られ、後頭部を床に叩《たた》きつけられ、それから腹部に何発か蹴《け》りを入れられた。

骨にヒビくらいは入っているかもしれない。吐き気がするほどの激痛に襲われるが、口を封じられていて吐くこともできない。

男たちの会話から、拉致《らち》暴行の目的は分かった。

「あの宝石店で女に宝石を買ってやるなんざ」

「ボケェっとしやがって」

「こいつの服も売れる。さっさと身包《みぐる》み剝《は》がせ」

金銭目的での犯行だったらしい。

安達を転移魔法で連れ去った男は、その魔力に限度があるのか、俺の仕事は終わったとばかりに椅子へ腰掛ける。男たちは慣れているらしく、服を傷付けないように脱がしていった。腕も足も拘束しなかったのはそのためか。

……二階堂さんが狙われなくてよかった。

「一人目からなかなかの男を攫《さら》えた」

「こいつ魔法使えねぇんだろうな」

「知るかよんなこと」

「おい金がねぇぞ。どこに隠し持ってやがる」

安達は苦痛に歪《ゆが》めた表情を保ったまま、それとなく窓の外を見遣る。星が散っているが真っ暗だ。遠くの空に光が見える。あれは祭りの光だろう。完全なる遠方へ攫うことはできなかったらしい。だが此処《ここ》も探り当てるには何日か掛かりそうだ。

上着や服についていたアクセサリー、ベルト、靴も根こそぎ奪われてしまう。こうなったのは安達がリングを外していたせいだ。指輪で満足してネックレスをつけていなかったことも敗因だった。

シャツ一枚にさせられ、男がそのボタンすら吟味し始めたところで、不意に、

「……こいつ」

視線が安達の顔に移る。その幽々たる瞳に嫌なぎらつきが走った。

「男のくせして良いツラしてやがんな」

髪を強引に引っ張られる。安達は痛みで顔を顰めた。男はそれを見て、不気味に口元を歪める。

「おい」

男は乱暴に安達を床に叩きつけた。手首を拘束しながら、物を確認し始めた男へ投げかける。

「こいつヤっていいか」

「此処でやるな。隣行け」

「俺もやる」

二人の男たちが加わり、安達を引きずるようにして隣の部屋へ移動する。「顔は殴るな」との誰かの声に従って、容赦なく腹に蹴りが入る。

口内に粘り気の強い唾液が滲んだ。シャツを破られる際に男の爪が肌に食い込んで出血する。男たちは口々に言った。

「こんな男いるんだな」

「生きてんのか？　ぼうっとしてんじゃねぇか。殺すなよ」

「いつもはあの女にいれてんだろ？　良かったなぁ、今晩は俺たちが相手だ。お前がしてるみたいにやってやるよ」

安達は目の前の男をじっと見つめる。男たちはほくそ笑んで、安達の腕を柱に括り付け始めた。柱のささくれが背中に突き刺さる。肩にかかったままのシャツに血が滲む。男が迷わずボトムを脱がしてくるので、安達は力を込めて蹴飛ばした。

男は吹き飛び、扉の横に体をぶつけた。「って……クソが！」と怒鳴る男を、その扉から入ってきた別の仲間が見下ろす。

舌打ちして近付いてくると小さな袋を安達の口元へ押し付けてきた。咄嗟《とっさ》に息を止めたが、その薬は強力で、とてつもない悪臭にくらりと眩暈《めまい》がする。

「おとなしくなったか」

「意識は失わせんなよ」

嘘のように力が入らない。安達はぐったりと柱に寄りかかった。

鬱血《うっけつ》した肌を撫《な》でられる。

「男の肌じゃねぇみてぇ」

「あー興奮する」

口元に縛り付けられた縄に唾液と血がへばりつく。無理矢理おとなしくさせられて、ようやく、口内の異様なまでの激痛は歯が折れているからなのだと気付いた。

彼らも彼らで興奮物質でも呑《の》んでいるのか気色の悪い高揚を露《あら》わにしてくる。身体も動かないし思考も回らない。

殺されはしないだろうと思っていたが熟れたグロテスクな所業に嫌な予感がしてくる。行為がエスカレートすれば殺されるかもしれない。

肩を舐《な》められて嚙《か》みつかれる。少しでも安達の顔が苦痛に歪むと男たちの下卑た笑いは助長される。立っていた男が性器を取り出して顔に押し付けてきた。強引に擦られて安達は目を瞑《つぶ》る。あらゆる肌を触られた。さほど時間もおかずに、ボトムも腰下まで引き摺《ず》り下ろされる。

安達の下部に侵入してきた誰かの手が、迷わず後孔に触れた。

「……っ」

「いいなぁ、その顔」

あまりの痛みと気持ち悪さに吐き気がして、安達は項垂れた。

――それは唐突だった。

「……なんだっ!?」

「おいっ」

突然、部屋の扉が消えたのだ。閉まっていた扉が開いたのではない。元からそんなものなかったかのように消失する。

灯火《ともしび》のみの暗い室内に隣の部屋から明かりが差し込んだ。力なく視線を上げると、そこには男が立っている。

安達は僅《わず》かに目を見開いた。

彼が、——アダマス城の庭師だったからだ。

庭師は安達の姿を見つけると恐ろしい顔をして迫りその勢いで拉致軍の男を殴り飛ばした。続いて、性器を露わにしたままの男の顔面へ蹴りを入れる。

やってきたのは庭師だけではなかった。隣の部屋からまた新たな人物が現れる。

光が逆光になっていて顔が見えない。目を凝らして、ようやく分かった。それは城で配膳《はいぜん》や子供たちの寝かしつけを行っている女性……ミリアだった。

なぜ、彼らが……。彼女は安達の姿を見つけると驚愕《きょうがく》で目を見開いた。しかしそれも一瞬だった。すぐに表情をなくした彼女は、その場に崩れ落ちるかのように膝《ひざ》をつく。

「何なんだテメぇら！」

残っていた男が拳《こぶし》を振り上げて彼女へ迫る。

しかし、ミリアは蹲《うずくま》って微動だにしない。

瞼《まぶた》を閉じて胸の前で腕を組む姿を目にし、安達はようやく気付いた。

あれは……、祈りのかたちだ。

ミリアは囁《ささや》いた。

「――アダマス様」

その瞬間部屋が真っ白な光で満ち満ちた。あまりの眩《まぶ》しさに目を瞑る。

そうして目を開くと、視界には彼が立っている。

安達は心の中で呟《つぶや》いた。

アダマス……。

ミリアの前に姿を現したのはアダマスだった。神々しい光を背負い、その赤い瞳《ひとみ》はこの暗い室内で一際強く煌《きら》めいている。

それは黄金の炎を使う転移魔法ではなかった。ただ強烈な光が起こり、気付くと彼がそこに居たのだ。

安達は呆然《ぼうぜん》としていた。赤い光が安達を見下ろす。彼が何を想ったのか全く分からない。彼が……神が何を心にしたのか人間の安達には分からない。

ただ、アダマスは腕をゆらりと上げた。それから指揮を振るように一度だけふっと下ろす。

重い岩が落ちてきたように安達を拉致した男たちがその場にぺしゃんと潰《つぶ》れた。

瞬く間の出来事だった。ミリアに殴りかかろうとしていたあの男が腕を上げた体勢のまま床に這《は》いつくばっている。彼らは声も出せないでいた。

死んだ……？　いや、生きている。けれど直ぐにでも絶命しそうだ。安達は息を止めていたのをようやく自覚した。

「アダチ様！」

ミリアの悲痛な叫びでハッとする。安達は鼻だけで荒く呼吸した。ミリアは叫びながら立ち上がろうとしたが、アダマスが片手で制した。

アダマスは安達の前に跪《ひざまず》くと、縛られた腕にそっと手のひらを当てた。

たちまち拘束が解ける。アダマスの手が口元に降りてくる。また縄が解ける。

言葉はなかった。互いに。拘束が解かれると重心を保てていられなくて勝手に倒れてしまう。

アダマスはそれを支え、腕の中に安達を抱き込んだ。殴られた箇所は充血し、青痣《あざ》に変わり始めている。至る所の肌から血が流れ、口からも溢《あふ》れ出した。アダマスは何も言わずに口元を拭《ぬぐ》ってくれて、服を修復し、裸体を覆った。ミリアが、奪われた衣服をアダマスに差し出す。

アダマスはそれを、魔法を使わずに安達の肩へかけた。

それからようやく、声を出す。

「安達……」

とても柔らかい力で抱きしめられていた。

……アダマスの温《ぬく》もりだ。

心が否応なく解《ほど》けていった。安堵《あんど》は熱を伴うことを安達は思い出した。心が緩むと意識を失いそうになる。アダマスの力によって身体が治癒していくのも感じた。安達は深い息をつき、囁く。

「アダマス」

「口内がひどいことになっています。無理に話さないでください」

「剣」

「は？」

治癒の途中ではあるが下肢に力を込めてアダマスの腕からすり抜ける。

その際に彼の剣を奪った。

安達は躊躇《ためら》いなく、先ほど自分の身体を触ってきた男へ剣を向けた。彼が目を瞠《みは》り、瞬きする前に振り下ろす。

男の手首が切断された。激痛が襲ったのだろうが彼は声を出すこともできない。

安達は冷たく言い放った。

「勝手に他人の身体に触れるな」

水を打ったように室内がしんとする。

安達はアダマスへ振り返り、無表情で言った。

「すまない、汚した」

血の滴る剣を揺らしてみる。アダマスは唇を引き結び、安達を強く抱きしめた。

そしてあの、黄金の炎に包まれる。

目が覚めてから、一番初めに目が合ったのはクロエだった。

無言の起床に彼女は気配で気付き、安達が自分を見ていることに目を見開く。その表情から（何故無言で起きる）と驚きと狼狽《ろうばい》が見て取れた。彼女はハッとして作業の手を止めると、椅子に座ったまま眠る唯子を揺り起こす。

「ユイコ様、アダチ様が目を覚ましましたよ」

「……ん、……あ！　安達さん！」

安達が眠りから目覚めて二分ほどが経っている。

その間に何が起きたかは思い出していた。厄介な目に遭い、最終的に気を失ったのだ。歯を折られたのはかなり痛かった。骨もおそらく折れていたし。

「起きたんですね！　大丈夫ですか？」

安達は腕を上げる。右手の中指にはアダマスの加護のリングがはめられている。

それから視線を右手の向こうへ遣る。ここは……どこだ？

「アダマスさんの部屋ですよ。部屋というか、広すぎて、よく分からないですけど」

「何故」

「さぁ。心配だからじゃないですか」

「……」

「今は何かやることが多いらしくて席を外しています。何してるんだろ？」

クロエはにっこり微笑むと、礼をして部屋を去っていく。ユイコは未だ心配そうに顔を曇らせた。

「安達さんがこんなことになるなんて……大丈夫ですか？」

「買い物中に悪いな、品は買えたか？」

「お怪我《けが》は？　気分はどうですか？」

「二階堂さん、眠いなら部屋に帰って寝ろ。俺は腹が減った」

「ちょっと！　会話しましょうよ！」

安達は上半身を起こして己の体を見下ろした。シャツの下をチラリと覗《のぞ》いてみる。薄々感じていたが、やはり。

「俺は大丈夫だし気分も悪くない。……怪我が治っている」

「あ、そうですよね。アダマスさんが治してくれたみたいです」

「へぇ……」

「ごめんなさい！　私がリングを取っちゃったから」

安堵したのか唯子は今にも泣き出しそうに言った。

「いや、あれは俺が押し付けたんじゃなかったか？」

「ご、ごめんなさい」

とうとう涙を流してしまう少女に、安達は眉尻《まゆじり》を下げた。

「君は泣いてばかりだな」

「だって、恐ろしいですよ。攫われたんですよ!?」

「……あのな、二階堂さん」

安達は深くため息をついた。唯子は自分で無理やり涙を止めて、じっと睨みつけてくる。


「どう聞いたか知らないが、俺は手首を切り落としてきた」

「……え」

二重の整った目がまん丸になって、瞬く。安達は無愛想に続けた。

「やられたままだと嫌だしな。帰り際にドスっと」

「……どす」

「人を殺し、手首を切り落とす男にそこまで肩入れするんじゃない」

「……」

安達は苦笑気味に忠告し、傍に置いてあった茶を飲む。やはり口の中も治っている。良かった。歯をなくすのはかなり痛手になる。

だが、口を噤《つぐ》んでいた唯子は呟いた。

「私はそれでも、安達さんに肩入れしますよ」

「……そうか」

安達は茶の表面を眺めてから、薄く笑って返した。唯子は真剣に診察紛《まが》いを開始する。

「本当に気分は大丈夫なんですね？」

「薬のようなものでくらりとしたが一過性だったようだ」

「そうですか……」

答えながらやや危機感を覚える。まさかこの子に何をされたかアダマスらは教えていないだろうな、と慎重になるが、唯子はホッとしたように微笑んだ。

「びっくりしました。攫われて、運ばれる最中だったなんて」

「あぁ。人身売買されるところだった」

「買った方も驚きですよね、こんな凶暴な人」

「言うようになったな」

唯子は歯を見せて笑った。兄弟を揶揄《やゆ》するような、幼い笑顔だった。

「祭りは終わったのか？　悪いな、中断させて」

「全然！　充分楽しめたし。祭りは夜明けまで続くみたいですよ。ここからじゃ見えませんね……でも、夜明けが近いみたい」

唯子は窓際に立ち、はるかへ微笑んだ。

「海が白んでます」

穏やかな夜明けが迫っていた。みるみる水平線が赤く染まり、空に浮かぶ雲が黄金に燃え上がる。太陽に近い空は、透き通る青へと色付いていった。

凄《すさ》まじい速度で進んでいく夜明けを前に、唯子は「綺麗《きれい》」と呟いた。

「安達さん、私、思うんです」

「ん？」

唯子は振り返って、無邪気に目を細める。

「ここは私たちが死んでからやってくる世界なのかもしれないって」

安達は微かに目を細めて彼女を見上げた。

「異世界、転生ですよ」

「俺たちは死んだらここに戻るのか」

「そう。不思議と魔法がいーっぱいのこの国で、また暮らすんです。素敵な王様と、神様と、魔法使いたちと、愉快な国民。それに可愛い魔獣に、しっちゃかめっちゃかな森。助け合いながら、励まし合いながら、この綺麗な朝を迎える」

唯子は窓枠に手をついた。吹き込んでくる朝の風に黒髪を揺らした。

彼女の手の甲には傷がある。その正体を彼女は語らない。何でもない傷なのかもしれないが、以前に『ちっちゃい頃は変な生き物に追いかけられて沢山怪我をした』と暗い顔で教えてくれた。

その名残を刻まれながら、彼女は笑いかける。

「だとしたら死ぬのも怖くないでしょう？」

安達はほのかに笑った。

――怖いよ。

どうしたって死ぬのは怖い。

けれどそれを言ったら君は怯《おび》え、俺が危険に遭うことを恐れてしまう。自分のせいで他人が傷付くことを恐れる君は、

「そうだな」

きっと耐えられないから。

安達は彼女の向こうの海を眺めた。燃え上がる朝の、夢みたいな光景を。

――妹が死んだのは、安達が吐《つ》いた嘘のせいだった。

父は職場で流されて死体は残らず、母の遺体は泥だらけの車から見つかった。妹の小学校へ迎えにいく最中だった。

妹はまだ十二歳だった。何か理由が欲しくて、絶望だけにしたくなくて、父と母は人を助けて死んだのだと話した。

妹は腐ることなく真っ直ぐに育った。安達とは違って積極的に困っている人を助ける心優しい子だった。だから安達は妹を守ることに専念し、仕事に励んだ。

だが妹は死んだ。

――『お兄ちゃん、寄り道しないで帰ってきてよ』

兄の誕生日のためにケーキを買ってくるのだと彼女は言った。実を言えば誕生日は妹に指定された日の翌日で、自分は兄を定時で帰らせておいて、当日は恋人とデートがあるのだと。

仕方がないので言われた通りの十八時に会社を出た。唯一の女王様のお望みで帰ってきたが、どれだけ時間が経っても、妹は帰ってこなかった。

妹が訪れたケーキ屋を、ナイフを持った暴漢が襲ったのだ。刺殺されたのが妹だった。男の言い分は、ケーキを買いに来る女が幸せそうで恨めしかったのだと。

だが実際の状況は違っていた。狙われたのは店員の方で、妹はそれを庇《かば》って亡くなったらしい。

誰かを守ることは妹の信念になっていたのだ。

……嘘さえ吐かなければ。

生きていたかもしれない。躊躇わずに逃げてくれたかもしれない。父と母は為す術なく死んだのだと伝えていれば、死ななかった。

全てが地続きだった。茫然自失《ぼうぜんじしつ》の日々が続き、仕事もやめていた。

数年経ってから、ふと、妹が助けた店員のその後が気になった。

葬式で一度会っただけだ。しかしあの日々の記憶は曖昧《あいまい》で、顔も名前も覚えていない。当時はきっと抜け殻みたいな酷い姿を晒《さら》してしまった。言葉も発さない恐ろしい表情の自分だ。

自分勝手かもしれないが、今度は落ち着いて、くだんの話を聞きたかった。名前は覚えていないが妹の死んだ場所は覚えている。あのケーキ屋へ向かった。仕事を辞めていたとしても居場所くらいは知ることもできるはず。

話が聞きたかった。何かあの子が言い残したことはないか。求めていたものはないか。今からでも叶《かな》えられるなら叶えたい。得るはずだったケーキも買って帰りたい。こっちは楽しみにしてたんだよ。

殆《ほとん》どの記憶は隠れてしまったが、あの日の朝の会話は覚えている。

「お兄ちゃん、寄り道しないで帰ってきてよ」

ケーキ買ってきてあげるから。何のケーキ？　フルーツタルト。お前の好きなやつじゃねぇか。大丈夫大丈夫、お兄ちゃんの好きな生クリームも買ってきてあげる。フルーツタルトにのってんの？スーパーで単品買ってきてあげる。それはどうなんだよ。たっぷり甘くしてあげる、甘党なんだから！　……いいよ、もう、好きにしろ。うん、絶対定時で帰ってきてね！

守ったのだからきっと勇ましい姿だったはずだ。店員と妹を語りたかった。

だが。

――「……ちゃんは、亡くなったんです」

その店員は既に自殺していた。

助けられた自分の命を罪だと背負って、一年後に自殺したらしい。

安達は「なるほど」だか何だか返して、帰路を歩んだ。騒がしい駅前を抜けて、電車に揺られながら考えた。

会いにきてくれた時に自分がしっかり対応していれば彼女は己を追い詰めなかったのだろう。もう少し自分を偽るべきだった。これからは気をつけよう。

あぁ、でも。

「……なんだ」

安達はアパートの前で立ち止まった。

「全然意味ねぇじゃん」

助けた意味などなかった。

俺が嘘を吐いた結果だけ残った。

寄り道すんなって言っておいて自分はどれだけ帰らないつもりなんだ。別に帰ってきてくれるなら何年かかっても、どんな姿でもいいんだけど。いや、帰ってきたな。あんだけ喋《しゃべ》る女が何も喋らずに……あー吐きそう。………。これでもう生き残った意味はない。お前の彼氏は泣いてばかりで怠《だる》いし、肝心のケーキもないし。お陰様で二度と忘れられない誕生日になったよ。みんな無駄死に。みんな意味なんかなかった。

ぜんぶ。もう全部終わった。

「あーあ……」

泥だらけ。血だらけ。

「馬鹿らし」

自分の奥深くで何かがゆっくりと捻《ねじ》れて、折れるのを感じた。心は、ガラスのように一瞬で割れるのではなく、時間をかけて追い詰められて、一番苦しいところで砕ける。

守れるものなど一つもなかった。嘘を吐いても吐かなくても、全てが繋《つな》がっていて、最後は同じだ。

――「安達さん」

唯子は弾けるように笑った。

「私がお婆《ばあ》ちゃんになったら、会いにきますね」

……けれど。

この子を帰してやることはできるかもしれない。

安達は暫《しばら》く無言でいたが、「あぁ」とどうしようもない気持ちで頷《うなず》いた。

「安達さんも無茶ばかりしないで、ちゃんとお爺《じい》ちゃんになってくださいね」

「努力する」

「でも安達さんは十二個も上だから……私が死んだ時にはどうなってるかな。アダマスさんがどうにかこうにかして、安達さんを死なせないかも」

「怖いな」

果たせない誓いだった。

なぜならここには、誰もいないから。

それでもこの約束は尊いものだと思った。

「頑張るよ」

強い朝陽が部屋に差し込んでくる。光に照らされた唯子は満足そうに笑った。「アダマスさんがそろそろ来るかも」と窓際を離れると、迷いなく扉へ歩いていく。

「クロエさんに聞いてきます」

「あぁ」

開け放した窓から新鮮な風が染み込んでくる。安達はベッドから抜け出すと、煙草を咥《くわ》えた。マッチを使って火を点ける。紫煙を燻《くゆ》らせると、白い煙が視界を漂って、溶けた。

まるで弔いみたいだ。

「安達」

横顔だけで振り返る。アダマスは手袋を外しつつ近寄ってくる。

「来るの早すぎないか」

「なぜ立っているのです」

「病人じゃないんだから」

仕方なく灰皿に火を擦り付ける。短い命が消えていく。

「具合はどうですか」

言いながら彼は、無理やり安達をベッドに座らせた。不承不承ながら仕方なくされるがままとなる。

「問題ない。腹は減ったが」

アダマスがテーブルに手をかざした。一口サイズの果物が生まれる。

安達は一つ手にとって、その皮を親指で撫《な》でた。しかつめらしく「食べなさい」と指示されるので、唇だけ果実に添えた。

視線に瘴気《しょうき》のような禍々《まがまが》しさを感じた。安達は齧《かじ》るより前に息を吐く。

「……君の言いたいことは分かる」

視線は赤い果実に落としている。陳腐な謝罪だ。けれど口にしなければ。

「悪かった。リングとネックレスを外すなど無防備だった。勝手に剣を使ったことも……」

するといきなり、腕を引かれる。

安達はアダマスの腕に抱きしめられていた。

息を呑《の》む。彼は、掠《かす》れた声で囁《ささや》いた。

「貴方が無事で良かった」

無性に心に染みる言葉だった。たったそれだけなのに息がうまく為せない。あの小屋で男たちをひれ伏させた姿とは想像もつかない、か細くて頼りない声だった。切実さで溢《あふ》れていて、揺れている。

安達は暫くされるがままだったが、恐る恐るアダマスの背中に手を回し、力を込めた。

「……心配かけさせた、ごめん」

「安達が無事ならそれでいいのです」

「勝手に剣を使ったし」

「気を抜くと何をするか分かりませんね」

アダマスが笑ったのが振動で伝わってくる。安達は気付かれないように短く吐息し、身体を離した。

指輪に彼の指が触れてくる。中指をなぞるように触られて、むず痒《がゆ》くなった。それから首元を撫でられた。ネックレスをいじり、アダマスは、

「二度と外さないように」

「あぁ」

「死んでもですよ」

「死んでも……」

アダマスはまだ苦しげに眉《まゆ》を歪《ゆが》める。初めて会った時はこれほど表情の変化がある男だとは思わなかった。

「身体は辛くないですか？」

「何ともない」

「私がいながら恐ろしい目に遭わせてしまい、申し訳がありません」

「君はちょうどいなかっただろ。俺が加護を外していたせいだ」

「……本当なら、貴方の身体に加護を授けたい」

切なげに微笑んで、堪えるように唇を閉じていた。

アダマスに首筋を撫でられる。加護を身体に与える……それは何かの符牒《ふちょう》なのか。何となく想像がついた。身体に与えられれば取り外すことはできない。きっとアダマスのものになることを意味するのだろう。

「危険な目に遭わせてしまいました」

あまりにも悲しげにするので、安達は仕方なく眉を下げる。封殺するように言った。

「……アダマス」

どうか彼の心が少しでも解けるようにと。

「俺は頭がおかしいんだ、と言ったろ」

アダマスが無言で安達を見つめた。

「あれは確かに暴力だが、俺はそれにやられるような人間じゃない。頭が狂ってるからな。狂ってるから人も殺せるし、手首だって切り落とせる」

本来ならば全治数ヶ月の暴力を受けたし、心に傷を負うこともあるのだろう。本来ならば、だ。

けれど安達はそうではなかった。以前、唯子に「サイコパス」と謗《そし》られたことを思い出す。言うに事欠いてそれを指摘するか、と笑ってしまうほどその通りで、自分の本質など百も承知だ。

イカれている。気が狂っている。犯されながらも、反撃することだけを考えていた。これが。

「これが俺なんだ」

それを、君も分かるだろう。

分かっていて、裸足になると誓ったのだから。

アダマスは何かに魅せられるような目をしていた。やがて、こぼすように笑う。

「ええ」

安達はようやく果実を齧った。果汁が舌を潤し、染み込んでいく。一つ食べ終えるとそれだけで充足した。魔法などなくても果実は安達を満たす。

「見つけてくれたミリアさんとクリスさんにも礼を言いたい」

彼らがいち早く来てくれたからそれほど大事にならずに済んだ。この命が奪われたら取り返しがつかなかった。勝手に死ぬのはさすがに無責任だ。

アダマスは、安達の唇に垂れた果汁を拭《ぬぐ》った。

「ええ、後日に」

「……」

もう片方の手で頬を撫でてくる。迷惑をかけたのは安達の方だから、それで気が済むならとアダマスの好きにさせる。

一方で頭の片隅に、先刻の自分の台詞《せりふ》が浮かぶ。

――『勝手に他人の身体に触れるな』

手首を切り落としてまで宣言しておいて、アダマスがするのには黙ってしまう自分が面倒だ。アダマスは熱心に安達を撫でながら訊《たず》ねてきた。

「他に飲み物は要りますか？　食べたいものは――」

「彼らは君と繋がっているのか」

唐突に切り出すと、アダマスの手の動きが止まった。

ゆっくりと離れていく。安達は無表情で彼をじっと見つめた。ルビーの棲《す》むその瞳《ひとみ》を。

視線だけで安達の台詞の意味を理解したのか、アダマスは、

「ええ」

と気弱に微笑んだ。

それはこちらの胸を締め付けるような、寂しげな愛嬌《あいきょう》のある表情だった。安達は唾《つば》を密《ひそ》かに飲み込む。

……あの小屋で、ミリアはアダマスの名を唱えた。

その瞬間、魔法ではない力でアダマスが降臨したのだ。

安達にだけ聞こえる内緒話のような響きで、アダマスは告げた。

「私は神になってしまいましたから」

安達は、「それは……」と続けようとして一度区切る。何を言うべきか分からない。まるで救うようにアダマスは続けた。

「以前、安達は私を『優しい』と言いましたね」

「あぁ」

「私は、かつてはただの魔法使いでした」

まるで遥《はる》かなるノスタルジーを醸す口調だった。取り戻せない、過去。

──『神となった私も、かつてはただの魔法使いでした』

アダマスの姿は、到底人間が辿《たど》り着《つ》けない領域の美しさだ。

「だが、加護の力が宿った。この力は絶大で、人間とは明確な区切りがありました。私の身体は腐らないのです」

造形物のように整った指が、己の心臓を突き刺した。

「心臓を剣で貫かれても、強力な魔術を唱えられても私は死ななかった。見かけも、数年前からこの姿のままだ。いずれ成長も完全に止まるのでしょうね」

死なない身体。朽ちない魂。

安達は目を瞠《みは》ってその御身を凝視する。

死なない……それは、酷く恐ろしいことだった。

自分だけが世界に取り残される。ふと、この目で見たこともない哀調を帯びた情景が脳裏を過《よ》ぎる。

男が海を見つめている。

誰も自分を知らない世界で。

故郷の家族や友は皆、数百年前に死に往《ゆ》き、さざ波だけが確かな海辺。

「これは祈りのようで呪いです」

アダマスは静かに言った。

「そしてそれは私だけではなかった」

「……まさか」

「城で生まれた子供たちは、成長が酷く遅い」

安達は思い出していた。ミリアは、安達が子供たちに日本の物語を語るのを異様に喜んでいた。何度も何度も読み聞かせた物語だから、どの本も古びていた。きっとミリアは何度も何度も紡いできたのだろう。だからこそ、安達が新しい物語と共に自分たちへ関わることが嬉《うれ》しかったのだ。

「彼らは神の使いとなってしまいました」

城は、この国で最も安全だ。

人間の領域ではないのだから。

「彼らに加護の力を使うことはできません。しかし宿っている。皆は私と同じく殺されることはないし、人間と同じ歩みもできない。私を裏切ることさえ、できません」

城の全ての者が初めから安達と唯子の存在を知っていた。

クロエやスティリーだけでない。ミリアも、庭師のクリスも、コックたちや清掃の者、子供たちだって。

──『彼らは洩《も》らしませんよ』

いつしかアダマスは言っていた。あの時の皮肉的で、軽蔑《けいべつ》を匂わす表情の意味がようやく分かる。

アダマス自身に対してだったのだ。

城の皆の時間を奪った自分に対して。

潰らさないのではない、潰らせない。神を裏切ることはできない。さもなくば天罰が降《くだ》る。

アダマスは吐き捨てるように言った。

「私は『優しい』存在ではない」

ただ畏《おそ》れだけの存在であると。

そうか……この城こそが、『異世界』だったのだ。

いつか時が止まっていく。たとえ世界が滅びようと、この城だけが朽ちず、ただ美しいものに溢れ、光の花園になる。絶え間ない楽園だ。四季を詰め込んだ黄金の城。迷い込んだら最期となる。

その全ての主人であり、唯一の神は、小さく笑った。

「先帝を殺したのは私です」

アダマスの瞳は、赤く宝石のように輝く。

「そして兄を皇帝に据えました。時代を終わらせるために」

殺した者が皇帝になる時代を終わらせた。その瞳はまさに、神の瞳だった。

兄……弟だったのか。

高貴な者だとは察していたが、皇家の血が流れていたとは。揃《そろ》いの赤い瞳も兄弟ゆえだったのだ。

マカリオスが茶化すように、そして親しげにアダマスの名を呼ぶのも、二人の仲ゆえだった。

「あの瞬間から私は軍神となりました。私を神にしたものは、それを正しい選択だと言うようで」

自虐的な笑みをする。人間で魔法使いだった彼は、半神となってしまった。

……アダマスは恐ろしい男だった。

人智を超えた力を思い知らされる美しさ。それによる畏怖《いふ》。だがそれはアダマスの望んだことではなかった。

安達は微かに言う。

「神になると分かっていたら、先の皇帝を殺さなかったか」

アダマスは、目元を歪めるようにして即答した。

「いえ、私はやったでしょう」

安達は小さく首を上下に振って、「そうか」と静かに頷《うなず》いた。

アダマスは、安達が微笑んだことに驚いたようだった。安達は今更と言わんばかりに白状する。

「実は、俺は君の許可なく城の連中とよく飲むんだが」

「それくらい知ってますよ」

「君の許可なく君の話をした。彼らは皆、アダマスを愛している」

安達は自ら、アダマスの長髪に触れた。やけに触れたくなったから。安達は語調を強めた。

「君が、自分に負い目があることを彼らは分かっている。アダマスの人間らしい感情を彼らは知っている」

艶《つや》めいた髪は嘘のように柔らかい。これを少しでも傷付けたくないという想いが心の底から湧いた。

「神の力などなくても彼らは裏切らない。英雄の君でなくても、半神でなかろうともだ。彼らはアダマスを見ている」

アダマスはお告げを受けるように粛然としていた。

やがて軽く瞼《まぶた》を閉じて、

「そうですか」

と表情を和らげた。

出来る限り素気なく聞こえるような口ぶりを意識したけれど、どうにも感情がこもってしまった。その感情が何なのか、安達は明らかにはしない。ただ、アダマスを想うと胸が痛んだ。とても愛《いと》おしく感じてしまう。

「話は終わりだ」

自分でも強引な終わらせ方だと自覚していたけれど傍にいるのが耐えられなかった。安達はベッドから腰を上げ、アダマスから離れようとする。

だが。

「うわっ」

「この痣《あざ》は消えませんね」

アダマスは身を乗り出して安達の腕を摑《つか》んだ。ベッドのより奥に座らせられる。

彼は安達の腕に残る灰色の痕《あと》を撫《な》でた。霊鬼が残した涙の痣だ。簡単にたくし上げられてしまうほど、無防備な服を着ていた。

「いい、記念にしておく」

「……」

アダマスは落書きを消さんとばかりに丁寧に撫でるが、ただもどかしいだけでどうにもならない。

「やめろ、こそばゆい」

「嫌ですか」

俯《うつむ》いた角度のまま前髪の隙間から見つめてくる。突然眼光を強めてくるので、安達は言葉に窮した。

「嫌、というか」嫌ではないが……。

「うわっ」

あっという間に軽く肩を押されてベッドに押し倒されてしまった。警戒するが、アダマスは熱心に首元を観察し始める。

「何」

「他に傷は」

「君が治してくれたんだろ？」

「えぇ、けれど怒りで冷静ではなかった。目の前が真っ赤になってね……これほど自分を見失いそうになったのは久しぶりでした。初めてかもしれない」

「……あ、そう」

「他に漏れがあったら大変だ」

「ないだろそんなもの。……ちょっ」

アダマスは自然な動作で馬乗りになってくると、安達の衣服のボタンを外した。

「何を、やっている」

「嫌ですか」

安達は呆気《あっけ》に取られて唇をぽかんと開いた。こちらを見下ろす赤い瞳は炯々《けいけい》と光っている。

視線がかち合った。安達は何も言えない。無言を許可と勝手に受け取り、その指が首筋に触れてくる。

その整った顔があっという間に近付いて、鎖骨の辺りに唇を落とした。

「……っ、な、おい！」

「安達に触れるなど」

「う……っ」

肌を柔い力で吸われる。アダマスの低い声でようやく、その辺りが小屋で男に噛《か》みつかれた箇所だと気付いた。

「なに、を」

「許せない」

怒りの滲《にじ》んだ声ではあったが、その唇も、首裏をさする手つきも丁寧だった。

アダマスは鎖骨、肩、首筋と点々とキスを落としていった。その身体を引き剝《は》がそうと肩を押すがびくともしない。

「アダマス」

「私は嘘を吐《つ》いていました」

「は？」

一度唇が離れて見下ろされる形になる。長い銀髪が顔に垂れてくると、アダマスが自ら退けて、そのまま頬を撫でてきた。

やがて、脱ぎかけのシャツに指をかけ、完全に前を開かれる。男相手に裸体を晒《さら》して恥じらう精神は持ち合わせていないが、傷の確認といえども、状況が状況なだけに何かが間違っている気がする。

「おい」

「嘘というより伝えていなかったことですね」

「ちょ……っ、まさぐるのか話すのかどちらかにしろ」

「ではまさぐります」

「話せ」

何が楽しいのか、胸や脇腹、背中まで撫でてきては途絶えることなく唇で肌を這《は》う。堪《たま》らず彼の頭に触れるが、アダマスは目を細めるだけで、頬にまでキスをしてくる。

何だこの状況は……。

「人間を召喚するのは禁忌です」

「無意味だと、言っていたな」

「ええ。通常は死ぬから」

「……は？」

目を見開いて声を落とすと、アダマスは目元に唇を寄せた。ハッとして「やめ」と離そうとするが、一方で彼は安達を強く抱きしめる。はぁ、と押し込めるようなため息付きで。

「何なんだよ」

「驚いた安達の顔があまりに良すぎて」

「はい？」

「しかし貴方は生きていた」

話を続行するのだから半ばお手上げである。

「その理由を探るためにも近くに置いておきたかった」

「……なぜ、俺は」

「私は安達に、魔力を得られない、とは言っていない」

「……」

アダマスはまた安達を覆うように抱きしめた。行動と言葉に脈略がなさすぎる……こうされると自分がぬいぐるみになった心地だ。

「おそらく貴方には器の上限がないんです」

「どういう意味」

「魔力を無限に受け入れられる存在なんですよ。マカリオスが……皇帝陛下が、魔力を注ぐことができると言っていましたね」

「あぁ。……これは大丈夫なのか」

アダマスはまた目元に唇を押し付けてくる。これは大丈夫なのか、というより、これは何なのだ、と言及したかったけれど、アダマスがまともに答えるとは思えなかった。

「唇には触れていないので」

「これは何なんだ」

「人間には大抵、上限があります」

厳格そうな話をしながらも、安達を暴こうとする手つきは甘く情緒的だった。

「食べすぎると気分が悪くなるように。動きすぎると倒れてしまうみたいに。けれど貴方は、どんな魔力にも動じない。受け入れることもできるし突き放すこともできる。この世界に落ちてきた時の衝撃さえ無効化される。きっと注ぎ込めば注ぎ込むほど全てを呑《の》み入れるでしょう。一言で言えば、強いんです」

「なぜそんな大事なことを、今。もう少し落ち着いて話せないのか」

「自分でも抑えられなくなっていて」

「……君、バ……っ」

胸元に吸いつかれて、また赤く痕が残る。傷がないか確認すると言い出しておいて自分が痕を残している。

数々の矛盾と衝撃的な発言に安達は動揺していた。顔には出さないようにしていたが、アダマスは見透かしてくるような目をする。

一瞬だけ緊張が緩んだ。安達はすかさず身体を反転させ抜け出ようとするが、うつ伏せに組み敷かれてしまった。

「私には無尽蔵の魔力があるので安達もあらゆる魔法が使えるようになりますよ。妻としては相性抜群ですね」

「……仮だろ」

横目だけで見上げるが、アダマスは子供みたいに無邪気に笑う。安達は唇を噛んだ。

「もっと露骨にすべきでしたか」

「もう黙れ……」

「私に『黙れ』など言うのは貴方だけだ」

「……君の魔力が俺に残ったら駄目なんじゃないのか」

「仰る通り。だから肌に触れているだけ」

シャツはもはや着ていないようなものだった。かろうじて腕に通っているが、上半身は露わになっている。アダマスは肩に恭しくキスを落としてくる。それから「今はね」と囁《ささや》くと、強く吸い付いてきた。

「う……っ」

唇の一つ一つで無闇に体温が上昇していく。アダマスは長い指で、自分が残した痕に触れた。

「この肌に触れるなど……」

暗い気配が香った。それが、小屋での件を指すのは分かった。

「そう言えば、あの男たちはどうしたんだ」

咄嗟《とっさ》に話を変える。アダマスが顔を離した合間を狙い、再び抜け出ようと試みるが、

「どうなったんでしょうね」

彼はそれを逃さない。

脇腹に腕を差し込まれて、また上向きにさせられた。心臓の辺りにキスをしてきたアダマスはその体勢のまま、上目遣いで問いかける。

「興味あります？」

「……君、いきなり、何なんだ」

「私にとっては安達の方がいきなりですよ。いきなり現れて、やりたい放題……」

アダマスは手のひらで安達の髪を撫でた。もう片方の手で腰を抱かれて、またグッと距離が近付く。

二人見つめ合う時間が続いた。安達はアダマスの内心を探ろうとしたけれど、彼はただ愛おしそうに見つめるだけだった。

やがてアダマスの方が耐えきれないとばかりの顔をして、額にキスの雨を降らせる。安達は「う」と呻《うめ》いた。

「安達に振り回されてばかりだ」

「も、いいだろ、傷はなかった」

「満月の夜を一晩早めます」

「……は？」

アダマスは唐突に言った。

「私とマカリオスで儀式を執り行います。一日くらいなら早められるでしょう」

「そんなことが起こせるのか」

「皆、そんなことが起こせないと思っているから都合が良い」

アダマスはそれから、少しだけ切なげな顔をした。

「……私は、やはり安達を危険な目に遭わせたくない」

答えずに黙っていると、彼は観念したように笑う。

「けれど貴方はきっとやるので」

「よく分かっている。本職だからな」

安達は唇の端を吊り上《あ》げた。それに何を感じたのか分からないが、アダマスは迷うことなく瞼《まぶた》にキスをしてきた。安達は咄嗟に目を瞑《つぶ》る。薄く目を開くと、アダマスの瞳《ひとみ》が煌《きら》めいていた。

「送還の儀は私が行います。一帯の秘匿はマカリオスが」

「皇帝陛下、を忘れている」

「兄なのでね」

「だからか」

「だからとは？」

「兄弟喧嘩《きょうだいげんか》をしていただろ。俺を巻き込んで」

「……あの人は本気ですよ」

その煌めきがぎらつきに変わる瞬間を見た。

「安達をあいつには触らせません」

「……儀式には犠牲か何かが必要だとマカリオスが言っていたが」

「本当は貴方が彼の名を呼ぶのも忌々《いまいま》しい」

「答えろ」

アダマスとマカリオスが『幼い頃から一緒』にいたという話は聞いたことがある。それが兄弟だからとは思わなかったが。

軍人皇帝を廃止するためにも、自分達が身内であることは隠していたのだろう。それは幼い頃からの策略とも言える。揃《そろ》いの赤い目を通じて、じっと機会を待っていたのだ。

アダマスは、軽く首を上下させた。

「確かに犠牲が必要です。けれどそれは私たち以外の場合だ。叔父上は軍人としては強いが、魔法使いとしては私よりも格下です。軍人としても私が勝りますが」

「……大将」

「はい？　何でしょう」

「いや、改めて」

この男は根っからの王のようだ。安達はモゾッと枕に顔を押し付ける。アダマスは「話は以上です」と短く告げた。

「そうか。じゃあ俺は帰る」

「帰しませんよ」

それはいつかの台詞と同じだった。

だが言葉の熱が違う。

視線と声だけで胸を焼かれるようだった。アダマスは安達を追い込むように繰り返す。

「帰さない」

「……何」

「今は注ぎません。ただ、触れさせてください」

手のひらの柔らかいところで頬を撫《な》でられる。注がないと言ったのに、安達は自分の中で何かが溢《あふ》れるような想いになり言葉を詰まらせた。

「貴方の体に触れた人間がいると思うと、怒りが沸き起こってどうにかなりそうだ」

熱情の孕《はら》む言葉だった。

「一方で、貴方に触れていると私の心には違う何かが沸き起こる。心だけじゃない、身体の奥底から、この指先まで」

その力強い言葉とは裏腹に、アダマスは優しく微笑んでいた。

表情は美しく清廉とし、声も透き通るようだった。紡がれる言葉たちは燃えるように熱く、そして安達に触れる手は甘ったるい。

何もかも矛盾していた。だが全部が本当だった。

「これが止まるまで、どうか」

「……それ」

安達はそのどれでもない、いつもの無表情で聞き返した。

「止まるのか？」

「どうでしょう」

アダマスはあまやかに笑って目尻《めじり》にキスしてきた。裸の胸を撫でられる。その手は下降し、腰元を辿《たど》る。答えを探すような手つきだった。

「安達」

触れられた箇所に熱が宿る。これは魔法か、それとも神の力か。

ただ、アダマスだからなのか。

アダマスは宝石の瞳で笑った。

「貴方がこの世で一番愛おしい」

滑らかに安達の頬を撫でて、寄せるように唇を落とした。

一番近いところで彼は囁いた。

「愛しています」

【第七話】


『満月の夜』は冬だった。

雪は降っていないが凍えるほど寒い。ユークリットは気候が明確なようだ。季節はあっという間に巡る。

安達は窓の外を眺めた。空が真っ赤に燃えている。森が逆光で黒く染まっていた。

じきに完全に陽が沈む。

「安達さん」

唯子が外套《がいとう》を渡しながら言った。

「お気をつけてくださいね」

「あぁ、すぐに戻る。待ってろ」

馬を走らせているうちに太陽は隠れるだろう。すぐに出発だ。

まず、クロエの転移でゴラッド公爵城付近まで飛ぶ。そこからは安達一人が馬を走らせる。城に忍び込んで短剣を盗み、また馬を走らせクロエと合流し、アダマス城に戻る。既に儀式の準備はできているので、唯子を日本に帰してやる。

シンプルなプランだ。送還で起こる魔力の爆発は、マカリオスの結界で隠す。

儀式を執り行うのはアダマスだ。

「はい、待ってます」

唯子は、あの時の制服を着ていた。

もう半年が経ったのだ。当時と外見は変わらないが、表情は清々しく自律していた。

安達は外套を羽織り、唇だけで微笑む。するとちょうど、扉を叩《たた》く音がした。

「安達」

振り返ると、扉が開いてアダマスがやってくる。唯子はにっこりとして、何も言わずに退室した。

アダマスは数歩で近付いてくると、あっという間に安達を腕の中に抱きしめた。その歩みも魔法なのだろう。こんなことで使わなくてもいいのに。

「準備ができたようですね」

「あぁ。ゴラッド閣下の城に行くのは久しぶりだ」

安達はフードを頭に被せてみる。「男としては、初めて」と呟《つぶや》いて。

アダマスはフードの上から頭を撫でてきた。

「外は寒い。加護を与えられないのが悔やまれます」

「君の城から来たことがバレるから」

フードの下にその手が滑り込む。手のひらで包むように頬を触ってくる。

安達はアダマスを睨《にら》み上げた。

「……君の魔力とやらは移ってないんだろうな」

「ええ、我慢しましたから」

あれから二ヶ月もの間、毎晩のようにアダマスに抱かれた。

勿論《もちろん》肝心の行為には持ち込んでこなかったけれど、ただの抱擁とは違う。夜の安達は大抵独り晩酌をしているか、城の男たちと呑《の》んでいるか、子供たちといるかだが、それらのどの場面にもアダマスはやってきて、安達を攫《さら》う。

以前まで夜の安達確認はスティリーの役目であったが、役割交代したようだった。城の者たちは皆笑顔で安達を送り出した。翌日に、彼らが昨晩のことへ触れてこないのがむしろもどかしかった。

アダマスは安達を自分の棲家《すみか》まで運ぶと、ベッドに座らせてアレコレする。安達が酒を飲んでいたら茶を飲ませ、シラフならとっておきの酒を振る舞う。どちらにせよ安達はザルだ。それで酔うことはないし、アダマスも酔わせてどうこうしようなどの意図はなく、単に安達の好物が酒だと思い込み喜ばせようとしているだけだった。

それから甘いものを振る舞い、珍しい花を見せてくる。安達は終始一体これは何なのだ、と考えている。

アダマスは安達に歯を磨かせて髪を梳《と》かして、酷い時は風呂《ふろ》も入れようとしてくる。安達は改めて思うが、この城に浴室という概念はあまりない。

大理石でできた大浴場みたいなものもあるが、アダマスが使っているのを見たことはない。神は腐らないと発言したように、彼の身体はあまり汚れないみたいだ。人間の安達は違う。そのためか、ベッドのちょうど隣にバスタブが設置されている。それを良いことに安達を湯に浸《つ》からせようとするから、こればかりは安達も「調子に乗るな」と制し一人で終わらせる。

隙を見て自室に帰ろうとするが全て失敗した。そもそも安達はこの城の構造が分からないのだから初めから負け戦なのである。世界から隔離されたこの城の、さらにアダマスの部屋は魔空間であった。ベッドに寝かせられるとアダマスはあらゆる肌に触れてくる。触れてくるだけなので、体内に侵入されることはなかったが、それでも堪え難い時間だった。

頬や目尻など顔だけでなく、胸、腹、背中、太もも……全ての場所に唇を落とし、愛《め》でる。長い時間をかけて。

アダマスは何度も「愛している」と繰り返した。

その言葉は安達の頭を溶かし、麻痺《まひ》させる。

まだ、どう返したらいいか摑《つか》めていない。

唇にキスはされず、ただ肌に触れられるだけだったけれど、だからこそアダマスの興奮が直《じか》に伝わってくる。堪え難い時間を放り出さずに耐えてしまう自分が奇妙だ。洗脳……いやマインドコントロール……色々考えるが、どれも答えではない。マインドコントロールされているのは安達よりもよっぽどアダマスのように見えた。そもそもこれがマインドコントロールならば、恋は悉《ことごと》く精神掌握である。

アダマスは首元に指を添えて、いつものように頬へキスしてきた。

「君、いい加減にしろ。俺はもう行く」

「あと少し」

そう言って、安達を味わうように喰《は》む。

唯子を帰すために短剣を奪うのだ。安達が日本に帰るわけではない。というより、ここまできてアダマスが帰すはずがない。儀を執り行うのはアダマスなのだから。

「噛《か》むな。犬か」

「犬。安達語録が増えました。いいですよ、犬でも」

「何を馬鹿なこと……んっ」

唇は下降した。鎖骨に口付けて、また吸い付く。これは厄介なことになると察知して、安達は「いい加減にしろ」と長い髪を引っ張った。

アダマスは途端に安達を抱きしめた。強く、安達の香りを吸い込むように。

堪えるような甘やかな声が耳元に届く。

「早く貴方を抱きたい」

「……っ」

安達は胸が鷲掴《わしづか》みにされるような思いにやられた。深くため息をつき、アダマスの髪を撫でる。

「そういうことを言うなよ……」

「無事に帰ってきてください」

この男は、安達が捕まることを考慮していないのだろうか。もし捕まったならどう出るつもりだ。アダマスと皇帝は、ゴラッドと争いを起こしてはならない。彼らは理性の鬼だ。きっと安達を見捨てる……と安達は信じているが、今まで歴史上の王がいかに恋で国を滅ぼしてきたか。傾国させるわけにはいかない。安達は「分かってる」と力強く返した。

「言っとくが母国の家々のセキュリティはたいしたもんだった。科学の結晶だからな。俺は本場で腕を磨いてきた」

「それは誇れることなんですか」

「科学が魔法の上位互換とは思わないが、君が心配するほど俺は弱くない」

安達はアダマスの顔を覗《のぞ》き込んで、その頬を撫でた。

「すぐに帰ってくるから」

安達以外の前だと表情の変化の少ないアダマスが、今は何とも言えない緊張感の漂う顔をしているのが歯痒《はがゆ》い。いつの間にか落ちていたフードを、アダマスが被せてくれる。

「貴方の名前を考えました」

そうして、安達にだけ微笑んだ。

「この世界で生きていくための」

名前……安達、ではなくこの世界で名乗るための名前だ。

アダマスは、事が済んだら安達に名前を与えると言っていた。『安達』だって本当の名ではないので、名前なんかどうだっていいと思っていたけれど、アダマスから授かるのは、殊に特別な気がする。

安達は、息をこぼすように笑い返した。

「楽しみにしてる」

アダマスは、安達の手首を摑むと手の甲にキスをした。それからまた一度抱きしめて、ようやく解放する。

まだ安達は彼に何の言葉も返していない。彼のすることを受け入れているだけだ。それでも安達の心を察しているのだろう。自分の「愛してる」という言葉に対する安達の返事を、アダマスは無理に求めてくることはしない。

それが心底有り難かった。心を言葉にするとしても……それは今ではないから。

満月の夜は終わっていない。

安達は振り返ることなく部屋を出る。クロエが待ち構えていて、静かに礼をした。

「すまない、待たせた」

「いえ。大丈夫でしたか？」

抽象的な問いだ。安達も「平気」と漠然と返す。

「アダマス様はやはり心配なようで……」

「構っていたら夜が明ける」

「ふふ。インパクトの用意ができています」

「ありがとう」

同行するのはスティリーやアダマスよりも、まだ魔力を然程知られていないクロエが適任だという結論になった。アダマスはまだ分かるが、スティリーもこの世界では有名人様らしい。

安達らが去った後にこの城は、代替される。儀式は城全体の魔力を使うので、見せかけのアダマス城を用意して、入れ替えるのだ。マカリオスが行うらしいが、彼は安達と入れ替わりでこの城にやってくる。

皇帝が影武者を使う時間は限られている。さっさと終わらせなければ。外は雪が降ってきそうなほどの寒さだった。空は分厚い雲で覆われている。これならば満月であることも隠せる。絶好の夜だ。

安達は白い息を深く吐いた。

インパクトの手綱を握る。

「では」

クロエが杖《つえ》を足元へ向けた。

「参ろう」

途端に翠《みどり》色に発光する植物に覆われる。飲み込まれるようにして、安達らは転移した。

——ゴラッドの城に魔法使いはあまり多くないらしい。

つまり全ての警備が魔法使いというわけではないということ。

幽鬼により寝込んだ一ヶ月が明けてから、まず初めに安達は、ゴラッド城に近い酒場に通った。

週二日程度で。この世界の話題や博打、遊び方はアダマス城で学んでいたので、そうした世間話をそつなくこなし、酒場に集まる人々、とりわけ男たちと親交を深めた。

時には酒場の仕事を手伝ったこともある。勿論無償ではない。安達はとにかく金銭を欲した。そうして酒場に通いながらも、安達は常に、場の盛り上がる夜の時間帯に腰を上げた。

おいもう帰るのか、もう少し飲んでいけよ、と声がかかるが首を振る。申し訳なさそうな顔を作り、

「父と弟の世話があるんだ」と無理して笑ってみせる。

安達は適当な名前を騙《かた》り、一家を支える大黒柱を演じた。老衰した父と病気の弟を案じる青年だ。

だからあまり金も使わないし、夜には家に帰ってしまう。

男は男の世界に弱い。ホモソーシャルの威力はどの世界でも健在らしい。それぞれ家庭を支える者や、子供をもつ中年の男などは、必死に働き弱音を吐かない安達に同情し、協力的になった。

ゴラッド城の就職情報についてはそこで教わった。魔法使いでなくても、厩舎《きゅうしゃ》の管理人や動物たちの世話など、生物相手という魔法と相性の悪い仕事はただの人間が担当している。

また、仕入れや城の者たちが出入りする西と東の門も、魔法が使えなくても配置される旨を聞く。

安達は何も、ゴラッド城の仕組みについて聞いたわけではない。魔力のない人間が働ける場所を訊《たず》ねただけだし、もっと言えばゴラッド城に限定したこともない。

そうして金を稼ぐふりを装い、内部についてあらかた聞き出した安達は、それ以降「弟の治療のため首都へ引っ越すことにした」と酒場を去った。互いを惜しむ気持ちいい別れができて結構である。

まずは西の門へ行く。そこからの方が宝物庫に近い。

「アダチ様、お気をつけて」

転移魔法は成功した。馬を走らせれば数十分で目的地へ到達する。アダチは揃《そろ》えていた仕事道具の有無を確認して、単調に答える。

「あぁ、すぐに戻る」

「お待ちしております」

安達は早速馬に跨《また》がった。手綱を強く引く。

「行くぞインパクト」

クロエの姿はあっという間に離れていった。インパクトは無言で、そして静かに森を駆け抜けていく。

正規ルートとは言い難い道だがこの方が早い。森はゴラッド城に近いこともあり魔獣も排除されている。青白い城がみるみる近付いてくるのを確認しつつ、次第に速度を緩めていく。

少し離れた箇所にインパクトを隠すことにした。安達は外套《がいとう》のフードを被って、「さむ」と独り言ちる。

道に出て、とことこと呑気《のんき》に西の門を目指す。門番は二人いた。図体《ずうたい》のデカイ男たちだった。やはり魔法使いではないようだ。魔法使いならばここまで筋力に頼らなくても問題ないだろう。

「やぁ」

安達はほんのりとした笑顔で、門番に声をかけた。

「誰だお前」

当然であるが門番は警戒する。安達はその反応に、狼狽《うろた》えた顔をしてみる。

「仕事中にごめんよ。伝言があるんだ」

「伝言？」

「カタリナ姉さんはいるかな？」

男たちは一瞬不審そうな顔をしたが、右の男があっと閃《ひらめ》いた顔をした。

「お前……君、カタリナさんの弟か！」

城内でもなかなか評判の女中だ。城内の連中はただの人形ではない。彼らもそれぞれ、同僚と仲を深めていたり、深められずにおどおど憧《あこが》れたりしている。

この男はカタリナに憧れつつも、まだ親睦《しんぼく》を深められない男なのだろう。安達は気弱な笑みを浮かべた。

「実は弟が風邪みたいで……姉さんには今晩早く帰ってきてほしいんだ。それを伝えにきたんだけど」

「あぁ、確かカタリナさんは三姉弟《きょうだい》って言ってたな」

もう片方の男が興味深げに頷《うなず》く。安達も内心で頷いた。そうらしいな。

言葉少なにすれば頭の良い連中は勝手に察してくれる。安達はもどもどと、弱々しい笑みを浮かべる。

「伝えてくれるだけでいいんだ。頼んでいいかな？」

「俺が見とくからお前行ってこいよ」

「分かった。カタリナさんを呼んでくる」

安達は「ありがとうございます」と慌てて礼をした。番人の男は「すぐに呼んでくる」と人の良さそうな笑顔で去っていく。

それが「すぐ」で済まないことを安達は知っている。カタリナは出勤していないはずだ。

「さすがカタリナさんの弟だな」

残った男がまじまじと安達を観察した。安達は「え？」と戸惑った顔を作ってみる。

「カタリナさんも綺麗《きれい》な女性だが、あんたも美形だ。よく似てる」

安達は照れて、なんとも言えない反応をした。ちょこんと首を傾げ、それと同時に「あれ」と呟《つぶや》く。

「あれ、何だろう」

遠くへ視線をやって、不思議そうにすると、男も「ん？」と安達の視線に合わせてきた。

その瞬間安達は懐から取り出した薬を男の口元へ押し付けた。

男はすると、自分が何をされたかも気付くことなく、ふっと意識を失った。

倒れ込む彼をすかさず抱き止めて、背負う。西の門は森と隣接している。森から現れたら警戒されるのでわざわざ道を歩いてきただけだ。

「失礼する」

眠ってしまった男を木陰に下ろし、衣服を奪う。薬は以前安達に使われたものの応用だ。あまり人体に影響がないのを選んだが、そもそも安達は自分の行動で他人がどうなろうと知ったこっちゃない。積極的に危害を加えようとは思わないが、優先すべきは目的の遂行である。

「ゲットだ」

安達は早速門番へと早変わりする。背丈の同じほどの男が残ってくれたのは好都合だった。

さっさと終わらせよう。安達は堂々と入城し、とりあえず宝物庫の建物へ歩いていく。

「なるほどな」

二階建ての建物だ。これも予め《あらかじ》仕入れていた情報である。短剣はあの建物の一室にある。

どうせ鍵《かぎ》がかかっているのでまだ触れはしない。安達は踵《きびす》を返して、反対方向へと走っていく。厩舎が見えてきた。安達は自然な息切れを意識し、「おい」と世話係の中年へ怒鳴り気味に声をかける。

「は、はい」

「馬を二頭用意しておけ。数刻後出る」

「承知しました！」

安達はずかずかと厩舎へ立ち入った。中年が慌てて何か準備し始めるのを横目で確認しつつ、物色するふりを装って馬を繋《つな》ぎ止めていた縄をこっそり外していき、足元に『ソレ』を置いておく。

すっくと立ち上がり、入り口まで戻る。ついでとばかりに中年を眠らせて、彼のすぐ脇に酒を飾った。

安達は何事もなかったかのように厩舎から立ち去った。あと数十秒だ……予想していたよりも早く、馬たちが小屋から走り出た。

小さな爆竹が破裂したのだろう。音があまり出ない代わりに匂いが出るようになっている。馬の嗅《きゅう》覚《かく》を刺激し、動揺させるものだ。

馬たちは城内を駆け回り始めた。気付いた者から「おい！　馬が逃げてるぞ！」と声を上げる。

「走れ走れー……」

安達は宝物館へ向かった。

この時間にゴラッドがいないことは知っている。皇帝伝《づて》で貴族の連中から呼び出されているのだ。主人がいない間に事態を収めるため、城の人間は馬の確保に集中するだろう。実際、館の辺りに人影は見えなかった。

「さて」

呟きながらも歩みは止めず、安達は当然のように扉をスルーし、裏側へ回った。

窓を観察しつつ、これならいけそうだとあたりをつけて作業に取り掛かる。鍵の構造はアダマス城で練習することで覚えた。

この建物の全ての部屋が重要な宝を保管しているとは限らない。放置されて何年も経つ部屋もあるはずだ。鍵に魔力がかけられていたとしても弱っているし、この満月の夜なら尚更《なおさら》だ。

予想通り窓が一つだけ開いた。

安達はたいして反応もなくするりと入り込み、すぐに窓を閉める。

埃《ほこり》っぽい部屋だ。煙が立たないように移動し、同様の手口で部屋の扉を開ける。廊下は真っ暗だった。発光する城の青白い光が、窓から差し込んでいる。安達は靴を脱ぎ、仕事用にしている薄い布地のスリッパへ履き替えた。

踊り場を抜けて階段を上っていく。部屋はいくつもあった。短剣は国宝だ。この屋敷の一番高い位置にあるだろう。とはいえ、二階建てなのでこの階の何処《どこ》かだし。

あとは——。

……短剣は、アエテルニタスの短剣と呼ばれている。

かの偉大なる魔法使い・アエテルニタスが造った剣である。アエテルニタスとは、この世界に存在していたと云《い》われる大昔の魔法使いだ。史上最強で、最悪の魔王である。一夜で大国を滅ぼし、大陸の森の三分の一を凍らせた。

誇張かもしれないが、実際にアエテルニタスがどれほど恐ろしい魔法使いであったかは文献にも残っている。

彼が残した数々の秘宝のうちの一つが例の短剣だ。本来ならば、魔力によってこの宝物館を厳重に管理しているが、それよりも月の力は偉大だった。

そしてそれにゴラッドはまだ気付いていない。

何にせよ短剣はつまり、大陸から渡ってきたものなのである。大陸は島から見て東に位置する。アエテルニタスに敬意を払うためにも、おそらく東の何処かに納められているはずだ。

部屋を見て回るにも数が多すぎる。まるで美術館のようだ。どちらにしても奥に隠すはずだが……。

と、その時、扉の開く音がした。

安達は耳が良い。それこそ動物の域である。足を止めて、下の階に神経を集中させた。男が二人、喋《しゃべ》りながら屋敷に入ってくる。

「馬が騒がしいな」

「ルートが泥酔していたらしいぜ」

なるほど、時間がない。

安達は音を殺して奥へ進んだ。時折見える窓の外、雪が降っているのが見えた。

安達はおざなりにならないよう周囲を観察しながら歩を進める。案の定男たちが階段を上ってくるのが分かった。安達は用意しておいた氷を口に含む。屋敷は氷のように寒い。白い吐息が目立たないようにするため、口内の温度を下げるのだ。

男たちの姿が見え隠れするようになった。西の方の部屋から点検している。部屋から部屋へ移動するたび彼らの姿が見えた。安達は間隔を狙って移動していく。

この屋敷に訪れるということは魔法を使える連中なのだろう。彼らを封じ込めるのは得策ではない。装飾の施されたコートは既に物陰に隠してあるが、暗闇で移動していくのは簡単ではない。黒髪で助かった。まだ背景と同化してくれる。とにかく短剣を探さなければ。彼らがこちらへ移動してくる前に。

どこだ。どこにある。

この屋敷に保管されているはずだ。

アエテルニタスの短剣は——。

その時になってようやく、腕の微かな違和感を拾った。

安達は己のシャツをたくし上げて腕を見る。思わず氷を飲み込んでしまった。すぐにもう一つ含み、腕の痣《あざ》に触れる。

それは幽鬼の涙が残した痕《あと》だった。

グレーの痣が薄い青に光っていた。まるで小さな湖だ。安達は氷を飲み込まないよう息を呑《の》む。

安達が歩くたびに光は強くなる。試しに右へ掲げてみると光が薄まった。反対へ回すと、強くなる。

そうか……安達は啓示のように理解した。

アエテルニタスの短剣は、この世のものではない何かを惹《ひ》きつける。

——『けれどこの世のものではない』

幽鬼と出会った夜にマカリオスが断言していた。幽鬼は既にこの世のものではない。そしてそれは安達と同じだ。アエテルニタスの短剣は、この世界のものではない安達らを召喚させた。

短剣が呼んでいる。この涙の持ち主を。安達は導かれるまま、歩いた。

痣はみるみる光を強めて、あの時の涙のように白く光る。安達は小さく、綻《ほころ》ぶように微笑みを落とした。

君は此処《ここ》にいるのか。

応えるように光がほんのりと揺れる。心の底を小さな温かい手で包まれるような穏やかさと、切なさを感じた。

やがて涙の導く先に足を踏み入れる。そこは小さな部屋であったが、神秘的な気が漂う空間だった。静けさと寂しさが立ち込めている。不思議と冷たい心地になった。それは嫌な感覚ではなかった。

光が恭しく、ゆっくりと、溶けていく。

ちょうど分厚い雲が割れて、窓から月明かりが差し込んだ。やがて魔法が溶けるように少しずつ部屋が仄《ほの》明るくなっていく。

部屋の奥にそれは奉られていた。安達はその短剣を見つめる。

刃が月の光を受けて、嘘のように光り輝く。

安達はその直ぐ傍に立って、宙へ手を伸ばした。光の道を辿《たど》るようにして剣の柄《つか》に触れる。

傷が最期の一息というように光った。安達は心の中で語りかける。

かえしてください。

……どうか。

貴方の力で。

――すると短剣は、笑うように刃を煌《きら》めかした。

力を入れていないのに剣が浮く。安達の手のひらに収まって、気付けば月も雲に隠れていた。

傷も元のグレーの痣に戻っている。

こたえて、くれたのか……。

これが魔法の剣。聖なる宝物に触れた感情は形容し難い。安達は唇を舐《な》めて、直ぐに踵を返した。

短剣を腰にしまい、姿勢を下げる。感傷に浸っている暇はない。

廊下の様子を窺《うかが》った。男たちの姿が完全に見える。安達はするりと隣の部屋へ移動した。

此処には鎧《よろい》などが収まっている。かかっていた布地をひったくり、此処に来るまでの部屋で手に入れた手鏡を包んだ。ふと視線を凝らすと、うまい具合に鼠《ねずみ》が走っている。安達は迷いなく尻尾《しっぽ》を摑《つか》み、手鏡と一緒にくるむ。

男たちがこちらに歩いてくる。安達は男たちの視線をじっと観察する。

彼らが反対側の部屋を見た瞬間を狙い、隣の部屋へ放物線を描くようにして鏡を投げ入れた。

「何だ!?」

「誰だ!」

カシャンッと音がするまでには時間を要した。そうなるように投げたからだ。身を隠すには充分の一瞬だった。

男たちは真っ先に隣の部屋へ駆け込んでいく。安達はその隙を狙い部屋を出て、隠しておいたコートを回収する。

逃げるまでに時間がない。階段を駆け下りる時間も惜しく、半ばで手すりを飛び越え一階に降り立つ。

男たちが「鼠か、逃げられた」「なぜ鏡が？」などと会話している。安達は彼らが開いた表の扉を使って抜け出すと、コートを羽織りながら暫《しばら》く走り、やがてまた、呑気《のんき》に歩いた。

短剣が腰元にあるのを確認する。西の門が見えてきた。まだ、カタリナ姉さんを呼びにいった男は帰ってきていないらしい。

安達は木陰に隠しておいた男へ衣服を戻し、肩を抱いて門まで運ぶ。起こしてもいいが放置することにして、その場を去った。

後に騒ぎが明らかとなっても門番たちは口を割らないだろう。カタリナに迷惑がかかる。それに安達の顔をさほど覚えていないはずだ。カタリナの弟と発言した時点からバイアスがかかっている。似てもいないのに「似てる」など発言しているくらいなのだから。

安達は平然と、インパクトのもとへ戻った。「戻ろうか」と鼻先を撫《な》でてやって、背に跨《また》がる。

元来た道を駆けていく。

行きと違うのは雪が降り出していたことくらいだ。

「……アダチ様」

戻ってきた安達の姿を見て、クロエは目を丸くした。

表情を強張らせている。「随分お早いお戻りですね」と突き刺すような口調に、安達は無表情で返した。

「あぁ。インパクトが、速かったんだ」

「……そうですか」

安達を、別の誰かが安達を象《かたど》った人物だと警戒したのだろう。

わざと『インパクト』を強調してやる。安達しか使っていない馬の愛称を聞いて、ようやくクロエは安堵《あんど》してくれた。

「よかった……あの」

「これでいいんだろ」

短剣を差し出す。クロエは触れなかったが、短剣を強い眼差しで凝視した。

やがて白い息を吐く。半ば混乱した表情を浮かべて、言った。

「間違いありません。本当に、盗んできたのですね」

「本職だからな」

「お怪我などは」

「何も問題ない」

クロエは信じられないとばかりに驚愕《きょうがく》している。こぼすような声で「アダチ様。貴方は……」と呟《つぶや》いた。

安達は僅《わず》かに苦笑しつつ、「空き巣だ」と古臭い呼称を答える。安い微笑みさえ浮かべてやった。

「住人がいなくて助かった」

「……転移いたします」

クロエは見惚《みと》れるような顔をしたが、唾《つば》を飲み込んで表情を引き締め、地に杖《つえ》の先を向けた。

植物をモチーフにした魔法に覆われて、次に目を開くと目の前に広がる景色は様変わりしている。

そうしてまた瞬きすると、安達の身体は強く抱きしめられていた。

「安達……っ」

鼓膜がアダマスの声で震える。肩口に鼻を擦り付けるようにしてアダマスが後ろから抱きしめていた。

安達は白い吐息を揺らした。愁眉《しゅうび》を開《ひら》いて、「まずは短剣の確認だろ」と囁《ささや》く。

「元帥閣下よ、安達の言う通りだ」

転移された先は儀式を執り行う聖堂のような場所だった。こんなところがアダマス城にあったとは驚きだ。

マカリオス皇帝は腕を組んで目を細めている。アダマスと揃《そろ》いの瞳《ひとみ》が神々しく煌めいた。

アダマスは気が済んだのか安達を解放する。ようやく身が自由になったので、短剣を両手で皇帝に差し出した。

「なるほど」

片手で受け取った皇帝は、月明かりに刃を照らす。

月の光は一層濃い。まるでこの地が天に近いみたいだ。

「うん、これは本物だな」

マカリオスが認めると、時が止まったように静まった。

安達はその中で、スティリーの背後にいる唯子へ視線を移す。制服を着た唯子は、実家から共にやってきた日本の刀剣を持って、唇を引き結んでいた。スティリーと、皇帝の側近であるタキスが戦慄《せんりつ》したように息を呑む。クロエはまだ現実を受け止められないのか怖気《おぞけ》を震う。

——まさか、本当にアエテルニタスの短剣を盗むなど、と。

「……何というか」

マカリオスがえも言われぬとばかりに曖昧《あいまい》な笑みを口元へ浮かべた。

「すごいな」

皇帝自らが言い放った。クロエは小さく息をつき、側近たちは唇を引き締める。

アダマスが安達の前に身を乗り出した。

「陛下、直ちに儀を行います」

皇帝は深く息を吐き、「あぁ」と首肯した。

その瞬間、聖堂のあらゆる箇所から白い光が滲《にじ》み出《で》る。とろとろと溢《あふ》れ出たそれは辺りに広がり、空間が白く満たされた。

だが視界は良好だった。首を回してその光景を眺めていると、

「安達さん」

唯子が歩み出てきた。

「お帰りなさい」

「うん。直ぐに戻ると言ったろ」

「……はい」

「君もようやく帰れるな」

唯子は気弱に微笑んだ。

光は波のように揺らぎ、安達らの足元を漂っている。それらがステージのような箇所のある一点に収束していた。

ちょうどその真ん中に唯子は膝《ひざ》をつく。来た時と同じ制服で、そして安達が奪った刀剣を抱いて。

安達が付き添う形で、唯子の傍に立った。月の光がガラスから差し込んでくる。しとやかな光が一直線に道をつくり、唯子の頰を照らした。

皇帝が恭しく、短剣を唯子の目の前に置いた。唯子は短剣を見下ろし、それから不安げに安達を見上げる。

「……寒いな」

安達は不意に口にした。神聖な気が漂っていた。

「はい」

「向こうはまだ冬前だろう」

「半年分時間が経っているなら春かも」

「そうか」

小さな階段を上がってきて、アダマスが唯子の後ろに立った。安達はその時になってようやく、自分の居るべき場所が此処ではないと識《し》る。

唯子の傍を離れ、階段を降りていく。辺りは聖なる光に溢れ、混沌《こんとん》としていた。祝福に満ちている。

安達は振り返った。

唯子が両手の指先で短剣に触れる。安達はそれを、見惚れるように眺めた。

「安達さん」

唯子がニッと微笑む。

頼もしい顔つきだった。

「……さよなら」

アダマスの杖が唯子の頭上でくるりと円を描いた。

その瞬間、黄金の炎が湧き起こる。炎というにもそれは優しく柔らかで、唯子を包み込む光の塊だった。

黄金の炎は遥《はる》か天井まで立ち上り、アダマスの姿さえも飲み込む。安達は瞬きもせずに見上げていた。

この短剣を使うことはもう二度とない。

安達が国へ帰ることもないし、ましてや唯子がユークリットを訪れることもない。

――『私がお婆ちゃんになったら、会いにきますね』

今はその誓いが、胸が締め付けられるほど価値あるものになって、あぁそうであればいいと、本気で思えた。

――けれど。

「……は」

やがて黄金の炎が尽きる頃、そこには。

「……どうして」

唯子が同じ体勢のまま呟いた。

安達は唖然《あぜん》として声を落とす。

「送還は、どうした」

アダマスは途中でこの魔法が成功しないことを理解していたのだろう、未だに残る唯子を見ても表情を変えなかった。否、黄金の炎が消えた頃から深刻そうに顔を顰《しか》めている。

安達は叫ぶように言った。

「送還は、失敗したのか？」

空気がふわりと揺れる。マカリオスが背後から安達を追い越す。

段差を上がり、短剣の様子を確かめる。眼光を鋭くさせて柄から刃先を触りつつ、冷静な声で言った。

「アダマスの魔法は正しい。短剣も……、力はある」

「そんな。ど、どうして？」

唯子が愕然《がくぜん》とした。絶望の気配が色濃く香っている。安達は捨てるような息を吐く。力が勝手に抜けて、その場に崩れ落ちた。

唯子の、今にも泣きそうで、けれどどうしたらいいのか分からない横顔……。

アダマスの魔法は正しく、短剣の力だってある。それなのに。

……帰せない？

この子を、日本へ帰せない？

今更、冬の冷たさを思い出した。身体がガクガクと震えてくる。唯子がハッとして気付き、「安達さん！」と駆け寄ってくる。

「安達さん、震えが」

「すまない」

唯子は困惑に陥りながらも安達の肩を力強く抱いた。安達はそれを断り、「気にするな、原因を考えよう」と自らの力で立ち上がる。

「何故なんだ」

「時間とか……季節が同じでないとダメとか？」

唯子はか細い声でマカリオスを見上げた。

「いや、関係ない」

皇帝は断言し、唯子がいた箇所の床を触る。

「その剣と二階堂さんがいればいいんじゃないのか」

安達は恐ろしいほどの低い声を出した。威圧するつもりはなく、ただ絞り出した結果だ。

「そのはずです」

アダマスが厳しい顔つきで己の肘《ひじ》から手首までを触る。

帰せない、など……。

唯子の横顔は小さく、心許《こころもと》なかった。失敗した？　震えが止まらない。身体の中まで……背骨から凍って、奥底まで氷になったようだ。動悸《どうき》が目立ち、心臓の熱だけが異様だった。

「安達さん……」

唯子が心配そうに見つめてくる。安達の動揺した姿を見るのは初めてだったのだろう。

これ以上情けない姿を晒《さら》してはならない。いつの間にか荒れ始めた息を無理やり整えるべく深く息を吸い込む。そして吐く。

「気にするな、寒さには慣れている」

こんなもの序の口だ。まだ絶望にはならない。ここにはアダマスとマカリオスが居る。何か手立てはあるはずだ。

その時、唯子が取り繕うように気丈に笑って、

「そうですよね。安達さん、北海道の方ですもんね」

と言った。

安達はまるで、杭《くい》を打たれたように固まった。

唯子が泣きそうな顔で笑う。

「あの雪国に比べたら……」

安達は唯子の顔をじっと凝視した。

唯子が狼狽《うろた》える。

「えっと、安達さん？」

「今、何て？」

吐き捨てるように呟く。唯子が動揺で瞬きをしたが、直ぐに我に返ったように、

「え、あ、そっか。北国育ちだからって寒さに強いわけじゃ」

「北海道？」

唯子は唾を飲み込む。安達のただならぬ雰囲気に怯《おび》えている。

「安達さん、北海道出身じゃないんですか？」

「俺がいつそんなことを言った」

「だって……故郷が流されたって……」

冗談を言っている表情ではない。唯子は本気でそう思い込んでいる。

安達は頭が真っ白になった。すぐに意識は戻った。

アダマスとマカリオスが赤い瞳でこちらを見下ろしているのが分かる。唯子は声を震わせた。

「地震、あったじゃないですか……北海道の、た、沢山の方が亡くなって……」

安達は言葉なく、片手で顔を覆った。自分の指が震えている。

唯子は絞り出すように言った。

「ごめんなさい、私まだ生まれる前で……っ」

——『ガラケー？　って、何ですか？』

そうだ。

初めから冗談なんかじゃなかった。

そうか……。この子は、『地震』と聞いて初めに火事の被害を口にした。それが唯子の印象に残る、直近の震災だったから……。

安達は掠《かす》れる声で呟《つぶや》いた。

「令和、を、知っているか」

「……何？」

唯子の目に涙が溜《た》まっている。

「あ、安達さん」

恐らく唯子も気付いたのだろう。

「れいわって何……」

ぼろりと涙が崩れる。安達は腕を下ろした。両手で涙を拭《ぬぐ》う唯子に問いかける。

「君の知る現在は？」

「……２０１０年。10月20日です」

平成からやってきた唯子は涙混じりに答える。安達はだらりと下ろした手に力を入れて、掌を握りしめた。

――あの家から。

安達があの離れに立ち入った瞬間から狂っていたのだ。

「アダマス」

安達は顔をもたげて、神聖な兄弟を見上げた。

「俺たちと共に落ちてきたあの家は残っているか」

「……ええ」

「直ぐに向かおう」

アダマスの赤い瞳《ひとみ》は残酷なほど美しかった。それを人間如きが睨《にら》み上げる。

「そこで送還の儀を行う。あの家でないとダメなんだ」

アダマスは答えるよりも前に杖《つえ》を振った。全てを包むように。

そうして、黄金の炎に飲み込まれる。

——それは永い時間のように感じた。

唯子はあの三月の震災の前の人間だった。唯子の戻る先は彼女の証言した時代だ。

ならば……戻れる？

走馬灯のように風景が蘇《よみがえ》る。

人々が暮らしていた。安達はただふざけて、笑って、仲間たちと屯《たむろ》っていた。家に帰れば母親と妹がいる。帰りが遅いと怒られるけれど、父親の方が遅い、と雑に反抗してみる。ちょうど帰宅した父親がおどおどと困惑している。数分後には皆、機嫌が直っている。妹がゲームしてとねだるので、寝る前まで付き合ってやる。朝起きて、勝手に朝食を作って食べて、家を出る。

あの眩《まぶ》しい朝日。世界を覆う圧倒的な光。穏やかな街。たいして珍しくもない海。

戻れる？

——妹がケーキ屋へ向かう日の朝が浮かぶ。

スーパーの生クリームを買ってくると言っていた。電動泡立て器はないから、兄に重労働を強いようとしていた。だったら要らないと言うと、安達が我儘《わがまま》を言ったことにして責めていた。

あの笑い声。

戻れるのか……。

どうにもならないことがやり直せるかもしれない。

取り戻すことが、できるかもしれない。

これこそが、俺がこの世界に来た意味なのではないか——。

……瞼《まぶた》を開くと、安達は半年前と同じ場所に立っている。

唯子がまだ涙を湿らせて、懐かしい神棚を見上げていた。アダマスとマカリオス、それからスティリーにタキス、クロエもいる。

クロエが唯子に駆け寄って、その崩れ落ちそうな細い体を支えた。マカリオスは縁側から地に降りると、両腕を大きく円を描くように振るった。

白い光の膜が一瞬で夜空を覆う。この家を儀の空間へ創りあげたのだろう。安達は唯子の持っていた日本の刀剣を奪い、刀掛けへ返した。

けれどそこから動けない。縁側から地に降りるべきなのに。

背後にアダマスが無言で立っているのが分かった。

「安達」

縁側に上がってきたマカリオスが呼ぶ。安達は数秒沈黙し、ゆっくりと振り返る。

アダマスは無表情だった。赤い瞳に光を溜めて、安達を見下ろしている。

その向こうからマカリオスがやってきて、アダマスの隣に立った。彼らのルビーの瞳は、安達の心を見透かすようだ。

マカリオスが微笑んだ。

「帰りたいんだね？」

声が……声を、失ったように言葉を発せない。

もしも唯子の時代に戻れたなら。

何ができる？　何もできないかもしれない。けれど、できることだって……愚かだ。ありえない。過去に戻るなど。では安達はなぜここにいる？　過去に戻るよりもよっぽど『ありえない』世界じゃないか。この世界にいるくせに、過去に戻ることを『ありえない』と一蹴《いっしゅう》する方が愚かだ。

何も答えられなかったのは……アダマスが苦しそうに顔を歪《ゆが》めたからだった。

苦しまないでほしい。でも今、アダマスを追い詰めているのは自分だと分かる。安達は俯《うつむ》いた。もう認める他なかった。

……アダマスを、愛している。

破裂しそうなほど、押し潰《おつぶ》されそうなほど胸が苦しい。全部アダマスへの想いだった。

何を晒しても安達を受け入れてくれた。そして愛を注いでくれた。その愛に満たされた今、同じだけ応えてやりたいと思う。

けれど帰ってしまったならもうそれはできない。

声が出ない。

アダマスに愛を伝えたい。でも……。

できない自分が、一番の答えだった。

「――陛下」

ふわ、と肩が温もりで包まれた。

安達ははっとして横顔を見上げる。アダマスは安達の肩を力強く抱いていた。

「この二人を上に送ります」

マカリオスが微かに微笑んだ。

「そうか」

「アダマス……」

安達が呟くと、アダマスは楕円《だえん》を描くように杖を振るう。安達を抱く腕の力がさらに強くなる。

黄金の波が屋敷中に走り、染み込んでいく。

二人は向かい合った。アダマスが両手で安達を抱きしめてくる。鼻先を合わせるほどの近さで、彼が囁《ささや》く。

「安達」

アダマスは微笑んでいた。

「私は貴方を愛しています」

全ての光を詰め込んだ、その、夜明けの真っ赤な空に似た美しい瞳で。

「どの世界に居たって、変わらず愛している」

安達だけを見つめてくれる。まるでこの世界に安達しか居ないように。

安達は唇を薄く開いて、だが言葉もなく唇を引き結ぶ。

今はもう声にできるのはアダマスに対する想いだけだった。だが言葉にしてしまえばアダマスの心の闇が揺らぐ。だからもう何も告げることができない。何も、だ。さよならさえも。

唇の触れ合いそうな距離。あと少しでも心が動けば合わさる。

だがゆっくりと離れていく。

彼は安達の手に魔法の短剣を握らせた。

「始めましょう」

アダマスは最後まで、微笑んでいた。

マカリオスが先に庭に降り立った。そこにはこの国の住人がいた。兄が導くようにして、アダマスもその世界に降り立つ。

途端に魔法が渦巻いた。短剣を握る手に力が入らない。唯子が安達の手に自らの手を重ねて握りしめてくれる。

光のカーテンが何重にも重なっていた。安達はまだ俯いていた。

とても耐えきれなくなり、アダマスの方へ顔を向ける。

……最後まで微笑んでくれた彼の今の姿を見て、安達は目を見開いた。

「アダマス……」

アダマスは泣いていた。片手で顔を覆い、けれど杖を握る手は力強く。僅かに肩を震わせている。

あの、アダマスが。そんな姿が在るなど思わなかった。恋しさが爆発のように起こる。息が苦しい。

その涙を拭うこともできない。

もう二度と会えない。

安達は唇を噛《か》んで、俯いた。

その視線の先には、自分の手を包む唯子の手が在る。

魔法に満たされて、アダマスへの恋しさで荒れ狂う安達の頭の中に、唯子の手の甲が浮かぶ。

――ふと、思い出した。

『ごめんなさい……』

かつて聞いたはずのその声だ。

あれは……誰だろう。巻き起こる記憶の渦に彼女の声が見えた。そして微かな情景。あれは、あれは……。

そうだ、妹が守ったケーキ屋の店員だ。

彼女は安達の前に正座して、深く頭《こうべ》を垂れた。安達の視界に彼女の顔は映らなかった。丁寧に揃《そろ》えた彼女の手だけが映っている。

彼女の手の甲には、傷があった。

特徴的な傷痕《きずあと》だ。事件の際に怪我をしたのだろうと気にも留めなかった。

なのにどうして今、それを。

安達は顔を上げて、十六歳の彼女へ呟く。

「……ゆう」

『――ゆうちゃんは、亡くなったんです』

どうして、忘れていたのだろう。

「え？」

唯子が涙に潤んだ目で安達を凝視した。

安達は息を呑んだ。唯子は「あっ」と小さく声を上げる。

「ごめんなさい、安達さんが私の友達みたいにそうやって呼ぶから……」

安達は唇を噛み締める。唯子は混乱した顔をしている。

あぁ……。

……そうか。

ようやく、意味が分かった。

「二階堂さん」

唯子は目を見開いた。安達が、心の底から微笑んでいたからだ。

安達は、唯子の手を短剣と共に握りしめる。

そして力強く言った。

「生きてくれ」

この世界に来た意味が、ようやく分かったのだ。

堰《せき》を切ったように言葉が溢《あふ》れ出す。安達は渾身《こんしん》の思いで告げた。

「あの国で生きるんだ」

どうか。

届いてくれと。

「これからどれだけ残酷なことが起きようと、希望だけは捨てないでくれ。恐ろしいことが起きても、恐ろしいものに世界が襲われても、残虐な争いが海の向こうで起きようとも、未来は続いていく。俺はそれを見ている。それを……あの世界で生きる君を、信じている」

唯子が透明な涙を流した。

不安そうに、困惑する唯子。まだ何も知らない少女に安達は眉《まゆ》を下げた。

この世界に来た本当の理由を今こそ識る。俺はこれを伝えるためにやってきたのだ。

あの時、互いの悲しみと後悔の痛みで目も合わせられなかった君に。

「俺は二階堂さんと出会うために、この世界へ落ちてきたんだな」

分かり合えなくても話すために。

逃げ出さずに。もう去らずに。時間をかけて、季節を見て、魔法の世界を味わって、恐怖に襲われて、立ち上がり、そうして目と目を合わせ、話すために出会った。

唯子は息を呑《の》み、真っ直ぐに安達を見つめる。

――妹の選択を否定しない。父や母の全ても偽らない。全部を受け止めるべきだったのは俺の方だ

った。

唯子は呆然《ぼうぜん》としていたが、突然にっこり微笑んだ。

安達を優しく見つめて告げる。

「私、安達さんのこと好きです」

そして、子供みたいに無邪気な笑みを見せた。

「家族みたいに大好き。でも、帰りますね。きっと私のことを待ってるからっ」

唯子は安達の手から魔法の短剣を奪った。歯を見せて、小さな悪戯っ子みたいな顔をする。

「安達さん、寄り道しちゃ駄目ですよ」

もう取り戻せない。けれど道は続いていく。いつか途切れる日が来るだろう。その時は、ゆっくりと振り返り、

「アダマスさんが待ってます」

過去と笑い合うのだ。

「これは私が盗んでいきますね！」

唯子は短剣を片手で握って、頼もしい表情を安達へ向ける。

「たくさん生きてきます」

安達は泣き笑いみたいな表情を浮かべた。

「いつかこの地で会おう」

「はい、必ず」

その瞬間、無数の手で背中を押される錯覚が起こった。懐かしい匂いがした。その正体は分からない。

唯子が顔の横でにこやかに手を振る。涙をたくさん流しながら。

「安達さん、またね」

別れは魔法の形をしていた。目の前が光に包まれる。そして唯子が遠ざかる。

安達はもう、背中を押す手に頼らなかった。自分の足で歩み、ふっと魔法みたいに降り立ち、この大地を踏み締める。

背後で何もかもが遠ざかっていくのが分かった。これは永遠の別れではない。また出会うのだと誓ったのだから。

この魔法の国で。

「アダマス」

赤い瞳《ひとみ》が驚きで揺れている。

安達は、心の底から溢れ出る想いを隠そうともせず、アダマスへ笑いかけた。

「盗んでくると言ったろう」

……もう今更欲しがるものなどないと思っていた。でもそれは取り戻せないものへ恋焦がれ、諦《あきら》めていただけだ。

受け止めて、ただ前を見るだけで、自分が欲するものの正体は簡単に分かる。

「アダマスの望むものを」

君だ。

この身をやるから、アダマスの全てが欲しかった。

アダマスは言葉もなく一心に安達を抱きしめた。強く、もう二度と離れぬように。

屋敷は消え去っている。全て夢だったみたいだ。マカリオスが天を見上げながら、おかしそうに呟《つぶや》いた。

「あーあ……かの偉大なるアエテルニタスの短剣が、人間の女の子に盗まれてしまった。これで召喚は永劫《えいごう》不可能だな」

天は色を変え始めていた。闇を表す深い青がみるみるうちに溶けていく。気付けば夜明けが迫っていた。信じられない速さで太陽が昇って、この地を洪水のように光で満たすのだ。

間違えてばら撒《ま》いた宝石のような星々が、最後まで瞬きながら夜明けに呑まれていく。太陽に近い雲が黄金に燃えて、幾重にも重なり、煌《きら》めいた。

見えるものは何もかもが素晴らしく、美しい。

だが安達はそのどれにも目を向けず、アダマスの顔を覗《のぞ》き込んだ。

「アダマス」

「……安達」

安達はアダマスの頬にまだ残る涙の煌めきを指で拭《ぬぐ》ってやった。

「そうじゃないだろ」

銀髪がほのかな風に揺らいで、安達の指をくすぐった。それはあたたかな風に思えた。急激に進むこの世界だ。きっとすぐに春もやってくる。唯子が向かった先の地のように、森も春で萌《も》え出《い》づるだろう。

「俺も欲しい」

「私は永久に貴方のものです」

「はは」

安達は重たくなった睫毛《まつげ》を上げて、アダマスへ屈託なく笑った。

「他にもくれるはずだ」

意味が通じたのか、アダマスも愛しそうに微笑む。

「えぇ」

「教えてくれ」

アダマスがその名を口にした時、太陽があの世から蘇《よみがえ》るように顔を出して、空へ光を浴びせた。

「オルコス」

アダマスは眩《まぶ》しそうに安達を見つめて、その名をくれた。

「貴方の名だ」

「……うん。いい響き」

人を愛するという見えない熱が夜を焦がしていくみたいだった。朝の光が何もかもを満たしていく。

「オルコス、愛しています」

心の動きに導かれて、安達は彼の声を掬《すく》うようにアダマスへキスをした。

それは息が詰まるほど切実で、甘かった。

「俺も」

新しい光に満たされた、新しい世界で安達は彼を見つめる。

きっとこの地にも、いつ足を取られて奈落《ならく》に落ちるか分からない穴がそこら中に潜んでいる。心に穴が空けば、いつか闇に巣食われ、取り返しのつかないぽっかりとした欠陥が生まれる。その深い闇を他人へ見せるのは恐ろしいけれどでも、落ちてもきっと、この愛や光で満たされているならば怖くない。

誓えばいい。無謀な約束を幾らでも。そして互いの心へ裸足で踏み入って、穴を覗き込み、満たすのだ。

決して言葉にはできないと思ったそれを、ありったけの想いを込めて安達は囁《ささや》いた。アダマスはその言葉で、満たされたように笑う。

その微笑みだけが、欲しかった。

「——愛してる」

【第八章】

アダマスが城に帰ってきたのは、魔獣の王の消失で荒れていた森の対応を終えた後だった。

オルコスは先に帰城しゆったりしていた。数日後アダマスも帰ってきて、それから彼は、三日三晩にわたりオルコスを部屋に閉じ込めた。

トップがこれだけ休みをとっていいものなのかひたすら疑問であったが、何とかなるものなのだろう。

アダマスが帰ってきて四日目。目覚めるとすっかり日が高く昇っていた。

アダマスの部屋は一つの屋敷ほどの広さで、それも寝室に閉じこもってばかりいたので、久しぶりに別の部屋に入ると別空間に立ち入ったような心地になる。

とぼとぼと向かった先にいたのは、城の人間ではなかった。

「移ったかー……」

マカリオスはソファに座って紅茶を飲んでいる。オルコスを見て、開口一番にそう言った。

なぜここに皇帝陛下が居るのか……思考が鈍くなっているので、理解するのに時間を要する。

「安達……ではなくオルコスか。おはよう」

「安達で構わない」

「そういうわけにはいかない。お前の名は神に与えられたものだからね」

「なぜここに居る」

「そろそろお前が目覚める頃かと思って」

マカリオスはにっこりと腰を上げると、広い歩幅で近寄ってくる。

「なるほど、魔力は充分だ。鍛錬すればすぐに魔法軍の域になるだろう」

「俺は軍人になるつもりはない」

「俺だって軍に組み入れるつもりはない。たとえの話だよ」

「朝から暇なのか」

「実はもう昼だ」

肩を抱かれて速やかにソファまで促される。わざわざ反抗する気力もないので腰を下ろすと、またグッと距離が近まった。

「嫉妬《しっと》してしまうな。お前は完全にあいつのモノになったということか」

「モノ……」

「表現に不満が？」

「どうでもいい」

「ははっ。ご丁寧に加護まで与えられて」

言いながら手の甲を取られる。指にはアダマスから与えられた指輪が光っている。若干皮肉そうな笑みを浮かべたマカリオスは、覗き込むように顔を近付けてくる。

「指輪だけでよかったのに。お前の生命に加護が与えられてしまっている」

「距離が近い」

マカリオスはふっと笑って、オルコスの頬に手のひらを寄せてくる。オルコスは即座に払うが、皇帝の態度は変わらない。

「おい」

「不満？」

「不満です」

颯爽《さっそう》と現れたのはアダマスだった。ローブを一枚羽織った姿で、怒りの歩調で近寄ってくる。

この国の人間は肌を見せることをあまり厭《いと》わない。そういえば初めてマカリオスと会った夜も、今のアダマスのように緩い格好をしていたなと思い出す。

「陛下、お離れください」

「オルコス、俺はお前にアダマスの魔力が移っていても気にしないよ」

「気にしなさい」

「しかもだいぶ濃いな」

「離れなさい」

「身体辛くない？　こいつはしつこいだろ」

「離れなさいって」

「……」

面倒なので腰を上げる。アダマスがすかさず肩を抱いてくるが、マカリオスは余裕な表情で足を組み直した。

「陛下、なぜここにいるのです」

「お前の結界は俺たちだけは通すからだ」

「そうではなく、なぜこの時間から私の部屋にいるのです」

「昼休憩」

「……陛下」

「というのは冗談で、暫《しばら》く湖を借りる」

皇帝は吐息して立ち上がる。アダマスは未だオルコスの肩を抱いたまま、顎《あご》を引いて続きを促した。

「パーリエル森の湖主と契約がある。今晩までそこを使っていいか」

「ええ。……早まりましたね」

「明日から大陸へ向かうとのことで」

「主は常に気まぐれです」

「あぁ」

窓際に立ったマカリオスはこめかみに指を当てて「彼女は一際気ままだから。アダマス、しっかりオルコスを隠しておけ」と言う。

「はい」

「俺？」

オルコスが不思議そうにすると、マカリオスは小さく首を上下した。

「一部の主や長寿の魔法使いたちがお前に関心を示し始めてる」

「なぜ」

「上の世界から数百年ぶりに落ちてきた人間だからな。それでいて軍神の妻となっている」

「他の人間にも知れ渡っているのか」

「人間の話ではない。森の主や精霊、特別な魔法使いたちはお前に気付いている」

よく分からないが、聖なる世界の住人ということか。

「湖主がアダマス城の湖を指定したのはオルコスを一目見たい思いからだろう」

マカリオスは淡々と告げる。オルコスは首を傾げた。それから口を開こうとした瞬間に、

「オルコス」

とアダマスが制してくる。

「それを言うんじゃありません」

「ん？」

「今、見るだけなら見せればいい、と言うつもりでしたね」

図星だった。一目会いたいなら顔を出してもいいと何気なく言う寸前だったのだ。

マカリオスはおかしそうに微笑む。アダマスは厳しい顔つきで咎《とが》めた。

「パーリエル森の湖主に気に入られれば湖に引き摺《ず》り込まれますよ」

「ほぉ」

「貴方が肯定を口にした瞬間、彼女がオルコスに接触する契約が生まれる」

「そんな無茶な」

「私の加護と『オルコス』と名があるので、そう簡単には渡しませんが、とにかく湖主に気に入られることだけは避けてください」

無茶苦茶な世界だ。言いたいことは幾つかあったが、口は災いの元らしいので、オルコスは素直に「あぁ」と頷《うなず》く。

マカリオスはくるっと踵《きびす》を返し、靴を鳴らしてやってくると、アダマスに腕を差し出した。

言葉なくアダマスがその手の甲に唇を落とす。以前安達もそうされたように、マカリオスが神秘的な白い光に包まれて、透明な膜が全身に溶けていった。

神の御加護である。

「夜には終わる。オルコスを隠しておくように」

マカリオスは微笑みを口元に浮かべて呟《つぶや》いた。

「仰せのままに」

「では」

パステルに輝く光のカーテンにマカリオスが消えていく。

完全に消え失せたのを確認し、アダマスが軽く息を吐いた。オルコスは素っ気なく吐息の意味を訊《たず》ねる。

「何か面倒なことが起きているのか」

「そうですね……やはり今晩までこの部屋に貴方を置いておくことにしました」

「気ままな湖の主のせい？」

「はい。これ以上厄介な者に貴方が好かれないため、隠します」

厄介な者。これは兄のこともディスっているのか。

アダマスはすっと腕を上げて、扉へ手のひらを向けた。以前からその仕草を目にする機会はあったが、『安達』には何をしているかよく分からず、しかし今のオルコスには見える。

扉に根が張り、それは天井まで及ぶと次第に消えていく。アダマスは「邪魔は要らない」と呟いた。

「ほー……結界か」

「下手すると淫《みだ》らな貴方の姿を見られる」

「はぁ？」

アダマスは微かに笑った。広いソファに腰掛けて、両手をこちらに広げる。

「いや、膝《ひざ》に座るわけないだろ」

「ダメですか」

オルコスは隣に腰掛けた。「腹減った」と小さく告げると、目の前に皿が生まれて、カタカタと震え出したかと思えば、サンドイッチが生まれた。

「これどうやってるんだ」

「貴方もいずれ使えるようになります」

「無から有を生み出すのか」

「無でもないんですよ」

よく分からないがそういうものなのか。オルコスは理解することをひとまず諦《あきら》めて、黙々と食す。

アダマスはただひたすら隣の食事を眺めているだけだ。視線がいい加減うざったくて、「君は食べないのか」と横目にする。

「見ている方が楽しい」

「意味が分からない」

「貴方の全部が愛おしくて」

「……キャラ変わったか？」

「変えたのは貴方ですよ」

別に、口元に何かついていたわけでもあるまい。だが、アダマスは唇に指を這《は》わせてくる。

「食事を終えたら言ってください」

目を細めて、愛しそうに囁《ささや》いた。

「貴方を抱くので」

オルコスはサンドイッチを口にする。咀嚼《そしゃく》するのをじっと眺められると、口を動かすたびカウントダウンをされている心地になる。

むず痒《がゆ》い視線を感じながら心の中で独り言ちた。

……またか。

食事を終えた瞬間、卓上の全てが消え失せた。(あ、消えた!)と思ったのも束の間、ソファに押し倒されている。

初めて身体を重ねたのはアダマスが城に帰ってきて直ぐだった。

あれから三日三晩何度も抱かれるうちに、異物を受け入れたことなど一度もない箇所はアダマスによって快感を覚えさせられている。

粘り気のある液体を乾いた後孔の縁に塗りたくられた上、二本の指を挿入されてから、かなりの時間が経ったと思う。

「もう、いいって……っ!」

「まだダメです」

何が楽しいのかアダマスは、オルコスの反応をじっと見つめて決して目を逸らさない。ナカでは長い指が暴れている。オルコスは忙しなく吐息を繰り返した。

「暫く時間が空いたのでしっかり解さないと」

「たいして、空けてない……ぁっ、んんっ」

腹の内側を念入りに擦られて、どれだけもういいと胸を押してもやめてくれない。

しこりに指先が触れてナカがきゅうっと閉まる。同時に唇を小さく噛《か》むと、「噛まないで」と囁き、二本指で緩く押し上げた。

「や、そこ……うっ、ぁっあっ!」

敏感な箇所を挟まれて、指の腹で擦ってくる。たまに爪先で引っかかれるとその度に太ももがピクピク震えた。アダマスの指をぱっくり咥《くわ》えた内壁は既に蕩《とろ》けきって、もう充分なほど熟している。

「あっ、んぁっ、ぅー……っ、や、も……」

情けない声が漏れてばかりだ。アダマスは構うことなく、クチュと淫音を立てながら刺激し続ける。だんだん力が強まる。指全体で粘膜を擦り上げながら、しこりを強く押《お》し潰《つぶ》す。オルコスは奥歯を噛み締めた。

「ぅうっ、は、ぐ……!」

「達せそうですか」

「も、ぃい、から……っ」

「駄目です」

何なんだ、こいつ。潤んだ瞳《ひとみ》で睨《にら》み上げるけれど全く効果がない。それどころか抜き差しする動きの勢いが増していく。

ぷっくりと膨らんだ前立腺《ぜんりつせん》を指の腹で押し上げられるたびにはしたない声が漏れた。既にオルコスの性器は反り上がって、触れられることなく腹の上で揺れている。

「はぁっ、あっあっあっ、や、やめ……っ」

腹側の壁を重点的にぐりぐりとほじくられて、熱をじんと孕《はら》む。どれだけ嫌がってもアダマスは止めずに、ぬかるんだ粘膜を執拗《しつよう》にいじめ続けた。

限界が近い。

意識してすぐにそれはやってくる。

「んんぁ、ぁあ……っ！」

絶頂に達したナカは痙攣《けいれん》し、頭の中に白い星が散る。ボコッと腹がへこみ、一際強くアダマスの指を締め付けた。

オルコスは、はぁ、はぁ、と荒い息を吐く。もうこれで二度目の絶頂だった。力を失った性器からはとろとろと白濁が流れている。

だというのにアダマスはまだ指を引き抜いてくれない。確かめるようにナカをねっとりとかき混ぜる。オルコスは逃げるように身体を動かした。

「も、やめろ……は、ぁ……っ」

「解れましたね」

「そう言ってたろっ！」

「可愛い」

こいつ……っ。キッと睨みつけるが、頭上の奴は唇で緩く弧を描くだけだ。

ぐったりとした身体を抱えられ、寝室に移動される。薄暗いがそこかしこで金色の光が灯っている。

昼だというのに時間が分からなくなる空間だ。

「もう挿《い》れてもいいでしょうか」

「だから、いいっつってんだろ」

「口調が荒くなるオルコスもいいですよね」

知るか、そんなの。反論しようとすると腰を摑《つか》まれて彼に引き寄せられる。

アダマスの性器は血管が浮き立つ凶暴なそれに代わっていた。あれで貫かれる快感をもう知っているからか、勝手に孔がひくつく。

熟れた縁に先端がぴったりと密着する。押し当てられただけなのに穴は喜んで咥え込んでいく。ナカを掻《か》き回《まわ》される想像をして唾液《だえき》が滲《にじ》んだ。

「オルコス」

アダマスは微笑んで、ゆっくりと腰を進めていく。

「愛しています」

「あ、っ、い、ぐっ……！」

狭い内壁を剛直が押し広げていく。敏感に火照ったナカをずるりと擦り上げられて、奥にコツンと当たった。

「ぁっ、が、ぅ、んん〜〜っ」

「は、オルコス……ッ」

腹の奥まで綺麗《きれい》に収まると、ペニスの形がよく分かる。あまりの質量に奥歯を噛み締めた。挿れただけなのに甘イキしてる。何度しても、まだ、慣れない。

蕩けたナカが熱い猛りにへばりついて痙攣している。オルコスの息が整うのを待たずに、ゆったりと内壁を擦り始めた。

「あっ、は、んぁっ！　ンンッ！」

「痛いですか？」

「痛く、な……あっ、んぅっ、あっ、う、……っ！」

控えめだった動きが段々と激しさを増していく。じゅぷ、じゅぷと淫音が大きくなり、奥を小突かれるたびに声が絞り出された。

「んあっ、あっ、うぐっ、んんっ、あっ！」

先端の出っ張ったところが、腹の内側のしこりに当たるように擦り上げてくる。あまりの刺激にシーツをぎゅっと摑んで耐えるが、快感からは逃げられない。

「は、あっあっ、そこ、あ、ん……〜っ！」

「ここが、いいですよね」

「あーっ、うっ、んっ、あ……あー……っ」

「オルコス、好きです」

しこりの部分を重点的に抉《えぐ》られて、ピリピリした感覚が頭の中に散る。

突かれるたびに熱を孕み、熱くて熱くてどうにかなりそうだ。

ゴリッと強く抉られて潰れたような声が出た。肌に汗が滲んでいく。余裕がないのはアダマスも同じで、苦しげに歪《ゆが》めた顔が愛おしい。

「はぁっ、あ、いッ、んぁっ、あーッ、うぁ！」

抜き差しを繰り返しながら、浅い場所から段々とまた奥に進んでくる。唾液が口内に溜《た》まっていくのが分かった。

「は、ふっ、うーっ……〜っ」

「……はっ、う」

「あっ、い、も、ふか……ッ！」

ずりずりとナカ全体を掻き回すようにして迫ってくる剛直。

とうとう、コツン、と奥に先端が当たった。

「ッ、ぁ、んぁ……～～！」

仰《の》け反《ぞ》るようにして喉《のど》を晒《さら》す。達したのかもしれない。ぎゅうぎゅうにペニスを締め付けてしまい、アダマスも苦しげに吐息した。

ぽたんと頬に滴が落ちてくる。アダマスの汗だった。あの軍神様が切羽詰まった表情で、猛獣のような目をして見下ろしている。

オルコスは思わず唇を緩めた。唾液がたらりと滲むと、アダマスが噛み付くように唇を重ねてくる。

「～～ッ！　いッ、あっ！」

「オルコス……ッ」

オルコスの両手をベッドに押し付けるようにして、キスを繰り返してくる。彼は、ぐるんと腰を回してまた強く奥を叩《たた》いてきた。獰猛《どうもう》な動きに息が詰まる。必死に酸素を求めるが口の中もアダマスに捕らわれてしまう。

ぐりぐりと天井をこじ開けるようにこねくり回される。過ぎる快感に視界がチカチカした。ナカでペニスが更に膨張したのが分かる。

「あっ、が、も、入んなぃ……ッ」

声すらも呑《の》まれてしまう。舌が絡みついてきてジュッと吸われる。その刺激だけでまたナカが締まる。滲んだ涙がこめかみの方に滴っていった。

「んっ、ぅ、んんっ、ん〜〜ッ！」

唇を合わせたまま激しい律動で貫かれた。下半身の力はとうに失って、溶けてしまったみたいだ。本能的な動きで突き上げられる。快楽で充溢《じゅういつ》されて、溢《あふ》れ出しても、また注ぎ込まれてしまう。

ようやく唇が解放されると嬌声《きょうせい》はもう止められなかった。涙で視界がぼやけている。アダマスはオルコスの背を抱えて、一層強く突き上げた。

「あっ！　あーっ、んぅあああっ、あ、いっ」

「はっ、オルコス、愛しい」

「うぅっ、あ、あっあっ、も、はげじ、んッ！」

じゅぷじゅぷとはしたない水音が耳に響く。ただ為す術なく覆われてしまう。

「あぅッ、ぐ、は、硬い、あっあっ！」

アダマスは上半身を起こすと腰を強く摑んだ。力が入らなくて抵抗もできない。ペニスがぎりぎりまで抜けると、またどちゅんっと一息に奥まで貫かれた。

「〜〜ッツ、ぅぐ、あ……ッ！」

「は、あ……」

「ぁあぁッ、や、む、無理、ぁあ〜〜ッ、んんんッ」

しこりを抉るようにして奥まで突き上げられる。激しい淫音がどこか遠く聞こえるくらいに飛びかけていた。

　アダマスは勢いを緩めず、膨張したペニスで内壁を擦り上げた。

「気持ちいい？」

「はぁっ、あっ！　あっ！　んんっ、んぅ～っ！」

「気持ちいい、ですか？」

「き、もちぃっ、から！　も、無理ッ！　はぁっ、あっ！」

「愛しい……っ」

　恍惚《こうこつ》とした表情を浮かべて激しく突き立ててくる。

　腹の中全体が熱を持ってじんじん痺《しび》れている。きっとイッてる。もうイッてる。何も分からなかった。気持ちいいことだけは確かだ。

「んぁあッ、は、ぁ、が、い、んぁ……ッ！」

「は、も、出る……ッ」

「ん、アダマス、んッ」

　前立腺を擦り上げられて奥まで貫かれる。腹に力を込めると熟れた中が性器を締め付けた。ペニスが勢いよく最奥を突く。白い快感の波に襲われ、オルコスは仰け反って達した。

「んぁ、ぐ、……～ッ！」

「は、っ」

　遅れて熱い精液が深い場所に吐き出される。アダマスは中に性器を埋めたまま、擦り付けるように腰を回した。

絶頂でまだ腹の中が痙攣している。オルコスは荒い息を吐き出した。ようやく性器が抜けていくと、とろりと穴から白濁が垂れる。

「……はっ、は、あ……」

「オル……」

「んぅ……っ」

力なく沈む身体にアダマスが覆いかぶさり、呼吸を奪うように舌を差し込んでくる。

もっと応えてやりたいけれどうまくいかなかった。必死にキスに応じていると、アダマスが脇に手を差し込んでくる。

膝《ひざ》の上に抱え込まれて、少しオルコスの方が高い位置になる。アダマスの首に腕を回し、口付けを深くしていく。

そうしているうちにまた、アダマスの性器が芯《しん》をもち始めているのが分かった。

「君な……」

「いいですか」

「いや」

「好きです」

好きで俺が黙るとでも思っているのか。思わず黙り込むと、その一瞬の隙を逃さずに腰を摑まれる。

「まっ、アダマス！」

「かわいい」

「て、メェ……んぁあ……ッ！」

硬く反り上がったペニスがまだ快感の残る内壁を目一杯にこじ開けて突き進んでいく。

「は、あ……〜、い、っ！」

一瞬、ゆらりと意識が遠のきそうになる。必死でアダマスを抱きしめるが力が入らず、結局ペタリと座り込んでしまった。

腹の、中の、深い深いところまで届いている。どろどろに蕩《とろ》けたナカがペニスを締め付ける。オルコスはだらりと肩に寄りかかった。

「動いて、いいですか」

「だ、めです……」

「はい」

「な、んでっ、い、あぁああっ、〜ッッ！」

ぐりんっと奥を突き上げられる。オルコスは小さく首を振るが、律動は止まらない。

性器の形に押し広げられた肉壁。オルコスの身体を抱きしめて容赦なく突き上げ始める。オルコスは思わず彼の肩に噛《か》みついたが、なぜか、アダマスは気を良くしてより一層強く最奥を叩いた。

「んんんぅッ、あーっ、あっあっあっ、や、め」

行き場をなくした足がシーツを蹴《け》るが、膝の裏を抱えられて宙に浮いてしまった。ジタバタと暴れるも軍人の力には敵《かな》わない。

ってしまう。

オルコスを支えている根幹が剛直の一本になる。暴れると更に深まる気がして、されるがままにな
「ううぅっ、んぁっ、あーっ、いッ！　あーっ、んぅっ」

奥までずっぽりと埋め込まれて奥歯が震える。いきり立ったペニスの激しい抽挿で追い立てられた。

オルコスはみるみる力をなくしていく。

「うっ、ぐっ、あ……はげし、も、とまっ」

「はぁ、っ」

「あぁあぁっ！　あっ、あっ、んんぅっ」

身体を抱え込まれて逃げ場などどこにもない。強く抱きしめられたまま、揺さぶられて、ナカを蹂《じゅう》躙《りん》される。

「や、ぁ、んぁっ、アダッ、マ！　とま、っあっ！」

「オルっ」

「とま、も、ぁあっ、いッ」

最奥に鋒がピッタリとくっついた。先端を食《は》むように内壁が吸い付く。

オルコスは涙目でアダマスを見下ろすが、涙すら愛しそうに拭《ぬぐ》われる。

「アダ、マス、もう駄目だ、も、無理……っ」

ぐりぐりと奥をほじくられる。快感が泡になって頭の中を埋め尽くしていく。

「可愛いオルコス、私だけの貴方」

「っ、ぅっ、あっ、あー……っ、あっ……」

「一番奥が触れている、分かりますか？」

「分か、分かる、から……」

上下に腰を緩く揺らされて、天井をこねくられる。自重も相まって深くペニスを飲み込んだ内壁が、応えるように収縮した。

アダマスは愛しそうに囁《ささや》いた。

「美しい、綺麗だ、愛してる」

「っ……、ぃ、あ……アダ……あぁああっ！」

その瞬間、また激しい突き上げが始まった。

少し身体を浮かされて、ナカを貫くように腰を下ろされる。アダマスも腰を突き上げた。

最奥まで突き刺されてしまう。オルコスは首を振った。

「あ、ぐ、イッ〜〜……！」

「オル、……っ」

「あっ、や、も、無理っ！　はっあっ！　んぅっ、あぁああっ」

もう限界だった。アダマスも絶頂が近いらしく、律動が激しくなっていく。

アダマスがまた唇を重ねてくる。逃げられないように全身を抱きしめてきて、より強くナカを穿《うが》った。

も、だめだ。

ぶちんっと最後の糸が切れる。

恐ろしい速さで駆け上がってきた快感に襲われる。

「……っ、イ、ひ……～ッッ！」

ぎゅうっとペニスを締め付けると、アダマスの引き締まった腹がぴく、と揺れる。また腹のナカに吐き出される白濁。その熱さにくらくらする。

オルコスはだらりとアダマスにもたれた。耳元で彼の、荒い吐息がした。

ようやくペニスが抜けていく。元々それほど体力がある方ではない。オルコスはくたりとうつ伏せになった。注ぎ込まれた精液が太ももに伝っていく。

アダマスは「オルコス」と名を呼ぶと、ブランケットを身体にかけてくれた。

オルコスは仰向《あおむ》けになって、長髪を引《ひ》っ掴《つか》む。

「もう、やんないからな」

「すみません、無理をさせました」

「……ほんとうに、死ぬかと思った」

アダマスは小さく微笑んで、柔らかく頬を撫《な》でてくる。

「ごめんなさい。愛してます」

「それを言やぁいいと思いやがって……」

まだじんじんナカがひりついている。こんな箇所がこんな疼《うず》き方をするなど知らなかった。

アダマスは隣に横たわると、汗に湿った前髪を撫でてくる。

「貴方はたまに口が悪くなりますね」

「腹が立ってるんだよ」

「私は愛しいだけですが」

「君も前まで俺に苛立《いらだ》ってたろ」

「昔の話ですね」

「さほど昔ではない」

「あとは私が処理しますので」

「……それも何だかな」

「夜になれば陛下が戻ります。それまで眠っていたらどうですか」

「ここはベタつく」

「では後ほどオルコスの部屋に運びましょう」

眠い……。

オルコスは答えずに瞼《まぶた》を閉じた。それをじっと見られている気配がする。視線は鬱陶《うっとう》しいが、嫌ではなかった。

「おやすみなさい、オルコス」

声に導かれるようにして意識が別の世界へ向かう。オルコスはふ、と息をついて、眠りの世界へ踏み込んだ。

数時間後目を覚ますと、確かにオルコスは自室で眠っていて、隣の部屋に出てみるとソファにはアダマスがいた。

暫《しばら》く二人で喋《しゃべ》っていたが、ふとアダマスは顔を上げると、「儀式が終わった」と呟《つぶや》いた。

昼間に言っていた、湖の主とマカリオスの契約の儀を指しているのだ。アダマスはマカリオスと会うために部屋から消え、オルコスはソファに横たわった。

連日運動をする習慣はなかったので今はかなり疲れていて、身体はいつでも睡眠を取ろうとする。うつらうつらとしながら、心の中で『オルコス』と唱えた。

名前は幾つも持っている。安達の他にも偽名は幾つかあったし、本名を知る者は誰もいない。名前に好きも嫌いもないし、固執などしていない。

「アダマス……」

だが、彼が与えてくれた、どこか彼の名に響きが似ている名前。

「オルコス」

呟くたびに心に火が灯る。まるで途絶えることのないような火。

暗闇にいつでも光を齎《もたら》して、揺らぐことはあっても消えることはない。

——そうしていつの間にか眠ってしまってからどれほど時間が経っただろう。

まだ寝惚《ねぼ》けていて、覚醒《かくせい》しきっていない中で声を拾う。

「大陸に召集がかかっている」

マカリオスの声がした。

「湖主だけでない。あらゆる主や魔法使いが呼ばれている。あと一ヶ月は厄介が増えるかもな」

「陛下も向かわれるのですか」

アダマスも居るのだろう。窓際の方から二人の会話が流れてきた。

狸寝入《たぬきねい》りをするつもりはなかったが、とにかく眠たくて、起き上がる気にもならない。オルコスが目を覚ましたことにも気付いていないようで、二人の魔法使いたちは滔々《とうとう》と話し続けた。

「暫く経ったら向かおうと思う。その際にはお前に任せたいことが幾つかある」

「ええ、承知しています」

「面倒だ。大陸の魔法使いたちはまともに話が通じない。軍神は神の議会に参加するのか？」

「半神の末端ですから。呼ばれもしないでしょう」

「……唯子がいたらより複雑になっていただろうな」

「本当に。魔獣の王などとは」

「森もかなり落ち着いたな。あの時、すぐにお前の城へ送り込んでよかった」

「……陛下」

コツン、と何かの当たる音がした。アダマスがテーブルにグラスを置いたのだ。

外を見たわけではないが、夜の気配がした。小さな吐息の後、アダマスが静かに切り出す。

「つかぬことを、お訊《たず》ねしますが……、ユイコは、上の世界で私たちとの生活を覚えていらっしゃるのでしょうか？」

「どうだろうね」

　マカリオスは上の世界にも精通している。どの範囲かは分からないが、少なくとも、『安達』や『唯子』の発音は淀《よど》みなく言えていた。

　暫くの静寂が置かれた。それから、マカリオスは、どこか夢見るような響きで続ける。

「覚えていたら歴史が変わって、安達の知る過去とは違うことが起こるかもな」

「上と此処《ここ》の時は連動しているのですか」

「さぁ。ただ、昔の世代の魔法使いには、安達よりも未来の人間や、その人間とは何十年も異なる世代の人間を同時に召喚していた者もいる。それも遊び半分で」

「はは」

「まさしく混沌《こんとん》だな。だがどの世界もまたそうなのかもしれない」

　マカリオスは穏やかに言葉を紡いだ。

「混沌だ。初めから、他にも沢山の過去があって、そのうちの一つを安達は歩んでいた、だけかもしれない」

「それは……」

「ん？」

「無慈悲な気がします」

「裏合わせだろ。希望も絶望も」

　コインの裏表のように、簡単に裏返ることもある。そしてそれは繋《つな》がっている。

するとマカリオスの口調が軽やかになった。「そういえば」と楽しそうに口にする。

「俺は好んで上の世界を眺めているんだが、この間面白い事件が起きたよ」

「また見ていたのですか」

「聞きたいか？」

「勝手に話し続けるくせに」

「ナイフを持った暴漢がとあるケーキ屋を襲うんだ」

オルコスは小さく息を呑《の》んだ。マカリオスは面白そうに続ける。

「運悪くそこに訪れた女性客が狙われてしまう。だがここの女性店員は凄《すさ》まじくてね、後ろから棒状の何かで殴りかかりあっという間に暴漢のナイフを取り上げていた。その巧みな技はまるで、どこかの大泥棒から教わったような動作でさ、女性客は店員に見惚《みと》れていたよ」

「楽しそうな話ですね」

「あぁ、本当に」

オルコスは唇を引き結んだ。

マカリオスの発言を確かめる方法は存在しない。言葉にした者勝ちだ。

だが、自然や文化に魂があるように、言葉にも力が宿る。

信じればそうなるし、突き放せば消えていく。以前にマカリオスが言っていた言葉を思い出した。

全てを救うことはできなくても……。

信じると言った身だ。信じてみよう。馬鹿な人生を歩んできた。今更馬鹿にならなくてどうしろという。この不思議な世界で、不思議な希望を抱き、生きていく。

オルコスは目を閉じた。勝手に口元が緩んで、瞼の裏が熱くなる。

空気が動く気配がして、それがアダマスのものだとすぐに気付いた。

ソファに腰掛けた彼が前髪を撫でてくる。手のひらで柔らかく頬を撫で、囁いた。

「おやすみ、オルコス」

☆☆☆20××年　某所☆☆☆

「怪我の様子はどうですか」と聞かれて「二年もあれば完治するよ。ただの打撲だもん」と、安心させるためわざと軽やかに答える。

彼女の醸す申し訳なさそうな雰囲気もだんだん解けて、モンブランを食し終える頃には、「貴女のお店のケーキの方が美味しいです」と笑ってくれた。

「それで、何だっけ。あぁ、そうだった。強さの理由ね。うーん……根性かな」

「根性？」

「……生きろって言われたの」

「誰にですか？」

聞かれたのは『あの圧倒的な強さは誰仕込みなんですか？』だった。

私たちはお互い、二年前にとある洋菓子店で起こった事件に居合わせた者同士だ。二年ぶりに偶々《たまたま》再会して、今二人は、ケーキを食べている。

あの日はとてもよく晴れた昼時だった。悲鳴を上げて去っていった他の女性客、一番初めに腕を切られてガタガタ震えていた男性客。その中でなぜか闘志を燃やした私が、彼女にはひときわ奇妙に見えたらしい。

答えになっているかは分からない。だけどあの時感じたのは、ただ一つだけ。

――生きなきゃ。

「誰だったかは忘れちゃった……」

「ふぅん？」

「……変な話に思われるかもしれないけど、私って昔、視える人だったんだよ」

「え？」

彼女は目をまん丸にした。一度唇を閉じて、また開く。

「視えるって何が？」

「妖怪《ようかい》」

「妖怪！」

「変だよね、引いた？」

「そういう人いるってたまに聞きますよ。子供の頃とか特に」

「ありがとう」

肯定の早さに思わず笑ってしまう。くすくす笑って口を隠すと、彼女は興味深そうに訊《き》いてきた。

「それで、妖怪に『生きろ』って？　どんなくだりでですか？　妖怪に？　妖怪に生きろと？　んじゃアンタはどうなんだって話じゃないですか？」

「んー、なんだろう……夢だったのかな。高校生くらいの時に、長い夢を見たの。凄《すご》く変な世界の、魔法みたいな国に紛れ込んで、沢山いろんなものに触れ合って……そこで、生きろって……」

「わーお。いいですねぇ。漫画っぽい！」

「そこで、物凄く変な妖怪？　がいたのかな？　誰仕込みって言われても分からないけど、その妖怪仕込みかな」

「妖怪仕込み」

「物語の中の登場人物の行動を真似したことない？　杖《つえ》を振って宙に浮かそうとしたり。どの呪文だっけ、えっと……」

「あー、待ってください！　それネタバレですか⁉　私まだハリポテの続編見てないんです！」

「これってネタバレ？　一話じゃない？」

「で、その妖怪の動きを真似してみたと。真似してナイフを奪ったと。そんで生きろって命令に付き従ったと」

「うん」

彼女は引くでも馬鹿にするでもなく、心から楽しそうに笑った。

生きろ、という言葉は胸に残っている。私はあの時、

「何と返したんだろう……」

何度思い出そうとしても浮かばない。夢の記憶なのだから当然か。

ふ、と息を吐く。それから目の前にいる彼女の黒い瞳《ひとみ》を見つめた。

「でもなんだか、こうして貴方の瞳を見てると、また出会えた気がする」

「……私が妖怪ってことですか？」

「ふふっ」

すると彼女はスマホの時計を見下ろし、若干の焦りを見せた。「もう行かなきゃ」と口にする。私も腕時計を見下ろした。彼女が気付いて「素敵な時計！」と無邪気に笑う。

いつの間にかかなりの時間が経っていた。私は笑い返して、「お会計しよっか」と告げる。彼女は言った。

「ごめんなさい、引き留めて。また会えるなんて思わなくて」

「ううん」

たまたま駅で再会しただけだ。本当にただの偶然。私は彼女の名前も知らないし、あの店も閉店するので、もう会うこともないだろう。

店を出て別れ際に、彼女が「あつーい」と言った。雲一つない空の眩《まぶ》しさに目を細め……ちょっとだけ、雲はあったけど、私に笑いかけてくる。

「じゃあ」

「ん？」

「生きなきゃですね」

「……うん」

混雑した街中で二人向かい合う。

「そうだね」

ビルの液晶ディスプレイでは政府の不祥事を報じている。すぐ近くの男女が「転生モノのアニメも面白いね」「チートはあればあるほどいい」と通り過ぎていく。男性複数人のグループが「あれは中央競馬の走りだろ！」と笑い合って去っていった。

なぜ自分の身体が勝手に動いたのかは分からない。ナイフを奪い取った自分の手のひらをそっと見下ろしてみる。手の甲には傷があった。小さい頃、この世ならざるものに追いかけられて転んだ際にできた傷だ。

子供の時の不思議な経験や夢の中での出来事は大抵忘れてしまう。けれどあの魔法の日々や言葉は、明確な正体を隠しつつも、胸の中で波のようにまだ揺れている。

生きろ……そう言われた時、何と返したんだろう。

覚えていない。

だから今、大勢の行き交う世界で、私は彼女と——どこかにいるはずの誰かに笑いかける。

「今生きているこの鼓動が、答えかな」


（君と出逢《であ》うため落ちてきた　了）

宝箱

「へぇ、オレス、お前さんは出稼ぎで来てるのか！」

酒場のテーブルには六人の男たちが集まっている。その内の一人の中年が『オレス』にニカッと笑いかけた。

「あぁ。つい一ヶ月前から。この街にもだいぶ慣れてきた」

二十代半ばの風貌《ふうぼう》をしたオレスは笑い返しながら言って、酒を飲む。

鼻筋にそばかすが散らばる赤髪のオレスは一見してこの地方の出身ではない。他の男たちも次々に話しかけてくる。

「この時期は出稼ぎの連中も多いからな。こっちは景気もいいし」

「俺も故郷はここじゃないんだ。オレス、お前もきっとこの街が気に入る」

気さくな連中に相槌《あいづち》を打ち、オレスは豪快に酒を飲んだ。このテーブルを囲む者は皆、地元の人間で、現在は労働終わりの一番楽しい時間だ。

とっくに陽も沈んだ一日の終わりに酒場で馬鹿騒ぎをしているのが彼らの常である。声をかけたのはオレスだった。何やら楽しげに酒盛りしているので、気になってしまったのだ。

彼らも、新入りとはいえ自分たちと同じくらい軽快に酒を飲むオレスを好意的に思ったらしく、十数分も経てばかなり打ち解けた雰囲気になる。

すると、オレスに街を紹介するべく男の一人が壁の方を指差した。

「あの森の奥にはアダマス大元帥様のお城が建ってるんだぜ」

「……ほぉ」

「アダマス大元帥様」と、オレスは口の中で呟《つぶや》く。

男の隣にいた彼の友人が、「馬鹿お前。アダマス軍神様のお城はあっちだろ」と間違った方角を指す指を反対側へ向けてやる。「そうだった」「酔ってるなぁ」と仲良さそうに身を寄せ合う二人は、酒場の窓の外へ視線を遣り、双子みたいに目を丸くする。

「おっ。今日は黄金に輝いて見える」

「綺麗《きれい》だなぁ」

彼らの言う通り、森の奥にアダマス城が光り輝いて見える。

月の如く夜に浮かび上がる城の神々しさは凄《すさ》まじい。その輝きはまるで、主《あるじ》の帰還を知らせているみたいだ。男が「オレス！」と酔っ払って言った。

「教えてやろう。不思議なことにあのお城は、たびたび、消えるんだぜ」

「消える？」

オレスは首を傾げてみせる。だいぶ酒も回ってきて、楽しくなってしまい、悪戯心で「へぇ！　そんなことあるのか？」と大袈裟《おおげさ》に関心を示してみる。

「あぁ。元から何もなかったみたいにな！」

「不思議だろう！　不思議だろう！　しかも、俺たちはあの城を目指したところで辿《たど》り着《つ》けないんだよ！」

「ふぅん……。消える城、ね。君たちはアダマス……元帥閣下のことは怖くないのか？」

試しに問うと、男は「そりゃぁ怖いさ！」と大声を上げる。

「恐れ多いお方だからな」

「だが我が国を守護してくださる軍神様だ」

「アダマス城の城下町に住んでいるだなんて、光栄なことさ」

他の連中も深く頷《うなず》き同調する。元から威勢の良い男たちが更に高揚して、各々問わず語りを始めた。

「アダマス様がいればユークリット皇国は不滅だ！」

「皇帝陛下の信頼を一身に受けるお方だからな！」

「不思議な城だなぁ。一度見惚《みと》れると時間を奪われる。美しくも恐ろしい。一体どんな方々が住まわれているのだろう」

「アダマス軍神様の見た目は、そりゃもう神々しいそうだぜ。赤い目なんかは常に燃えているとか」

「ほぉ。一目拝見してみたいなぁ。ま、俺たちがお目にかかれる存在ではないけどな」

「国にとんでもない危機が訪れた時には、俺たちの前にも現れてくれるだろう。良いのか悪いのか分からないが」

「そう言えばアダマス様がお妃様をお迎えになられたそうだぞ」

男の一人がそう言うと、皆一様に声を潜め、神妙な顔つきをした。

「あぁ。そんな噂が流れてはいるな」「本当なのか?」「貴族様か？」「いやいやそんなもんじゃない。どこかの森のお姫様だとか、妖精《ようせい》の類に違いない」と好き勝手噂する男たちを眺めながら、オレスは酒を飲み干し、ニヤッと口角を吊り上《あ》げる。

「ほう。いざって時にしか姿を現さないなんて、なんだか偉そうな奴だな」

アダマス大元帥を蔑《なみ》する軽佻浮薄《けいちょうふはく》な発言に、男たちが「おい！」「コラ！」「オラ！」「不敬だぞ！」と騒ぎ立て始める。やはり面白い連中だ。飲み会に加わって正解だった。アダマスのお妃は森のお姫様、か……実際には姫なんてものではないただの盗人なのに。

オレスは彼らの慌て様を機嫌良く眺めた。騒がしいな。楽しいな。

そうしてまた新しい酒を飲んでいると、突然背後から、

「本当にそうですね」

としゃがれた声がした。

目の前に座る男たちがオレスの背後を見遣り、不思議そうに目を丸くした。

オレスもまた目を見開き、静かに振り向く。

そこには初老の男が立っている。見かけぬ風貌をしていた。顔は皺《しわ》と白髭《しらひげ》だらけで、森の奥に住む古い魔法使いか、連勤後の疲弊したサンタみたいだ。

薄《う》っすらと不気味な笑みを浮かべて、細めた目をゆっくりとオレスへ向ける。彼はやけに低い声で告げた。

「姿を現さないなんて、偉そうですよね」

「……」

「……」

テーブルを囲む連中が「どうしたんだ爺《じい》さん、こんな夜更けに」「爺さんはもうクソして寝る時間だぞ」「俺が家まで送ってやろうか」と親切にも声をかけてやる。

だが初老の男はオレスを見下ろし、無言でいる。十数秒の沈黙を交わす。初老の男は初めからオレスしか見ていない。

やがてオレスは席から立ち上がった。

「俺は帰るよ」

「おう、そうか。迷子の爺さんを送ってやれ」

「爺さん、自分の家の場所言えるか？」

「オレス、お前、次いつ来るんだ？」

「まぁそのうち」

軽く返したオレスはサッとその場を離れ、右手をヒラヒラと揺らして振り向かずに歩き去る。陽気な男たちは「またなぁ」「仕事頑張れよォ」と大声で見送ってくれた。

店を出ると、先ほどの廃れた爺もついてきた。数歩進むと突如として、手首をその皺だらけの手で摑《つか》まれる。

――瞬間、目の前が馴染《なじ》みある黄金の炎に包まれた。

反射的に目を瞑《つぶ》り、開いた時には、二人を囲む景色は違っている。

軍神と共にこの二年間過ごしている、広々とした寝室に転移していた。真夜中の道端から豪勢な部屋の一室に変わっているが、二人とも、動揺はない。

オレスが――オルコスが振り向くより先に、その男が顎《あご》を摑んできた。

「偉そうですよね」

その声はしゃがれてなどいない。凛《りん》と澄んだ、アダマスの声だ。

「私が一ヶ月ぶりに帰宅したというのに迎えもしないなど」

強引に顔を上げられる。こちらを間近で見下ろす彼の赤い瞳《ひとみ》が黒い瞳を射抜いた。

オルコスは薄笑いを浮かべて言った。

「迎えるって。君は俺の主人なのか？」

「……」

「ご主人様って呼んでやろうか？」

「……オルコス」

「お帰りなさい、ご主人様。あはは」

「貴方、酔ってますね」

ケラケラ笑うオルコスへ、アダマスは呆《あき》れ顔《がお》で告げる。

先ほどまで深夜を徘徊《はいかい》する初老の爺だった男は、長い銀髪が麗しい美男へ変化している。薄汚れた爺の衣服も消え去り、長身へ化した彼は豪華な衣装を着こなしていた。

長い睫毛《まつげ》が目元に影を落としている。アダマスは眉間《みけん》に小さな皺を作り「どれだけ飲んだんですか」と難色を示した。オルコスは顎を引き、彼の長い指から逃れつつ答える。

「そんなに飲んでない」

「隙あらば城を抜けているのだから……」

「見た目は変えていた」

「ええ。完璧《かんぺき》な魔法でした。そこは認めます」

オルコスもアダマスも変化《へんげ》の魔術を使っていたが、とはいえ、二人とも互いの正体を見抜いていた。

実際、この目には彼がヨボヨボのサンタに見えていたのだが、アダマスはどうだろう。初めから『そばかすのオレス』などではなく、オルコスそのものに見えていたのかもしれない。

オルコスはにやっと笑って、アダマスの顎を指で引《ひ》っ搔《か》いてやる。

「さっきの姿、傑作だったな。あの髭イカしてたぞ。かなり良かった」

「貴方は爺に抱かれる趣味がおありで？」

「ない。いつ帰ってきたんだ？」

「つい十数分前です」

「なるほど」

と呟き身体の向きを変える。歩き出せばまた、アダマスがついてくる。

「今晩帰ることは分かっていたのでしょう？　どうしてジッとしていられないんですか」

「君が待ち遠しくて居ても立ってても居られなかったんだ」

ソファに腰掛けると、隣に彼も座る。自然な仕草で腰に腕を回してきて、密着する。

「思ってもいないことを」

「思ってないと思うか？」

「……仮に貴方の言葉が真ならば、愛おしくてたまらない」

「たまらないかぁ」

「抱きしめていいですか？」

「ははっ。抱け抱け」

茶化すように笑い飛ばしてみせるが、彼に不服な様子は見えなかった。

綺麗な顔がこちらをじっと見つめている。オルコスは息を吐き、アダマスを見つめ返した。

「お帰り、アダマス」

自ずと微笑みが漏れるのも無理はない。この男は、健気《けなげ》すぎるのだ。

十数分前に帰ってきて、城にオルコスがいないと知り、その足で迎えにきてくれたらしい。アダマスはなんて可愛らしいんだろう。酒も入っているせいか愛情が際限なく溢《あふ》れてきて、オルコスは上機嫌になる。

「迎えにきてくれてありがとう」

「……はい。探しましたよ」

「十分くらいで見つけ出してくれてありがとう」

「まぁ、貴方の場所は把握しようと思えばいつでもできるので」

「ははっ。そうなんだろうな」

彼が頭を近づけてくる。なぜかオルコスの髪にキスを落としてきた。

「まさかこの一ヶ月、毎晩飲み歩いていたんじゃないでしょうね」

「今日はたまたまだよ」

「本当に？」

「あのな、俺だって城で君を待っていたんだぞ。夜になっても中々帰ってこないから、仕方なく酒を飲みに行ったんだ」

事実である。嘘はないと伝わったのか、アダマスは緩い笑みを浮かべた。

「それにしてもあと少しの辛抱だったでしょう」

「まぁ良いじゃないか。どうせ君は迎えにきてくれるって分かってた」

アダマスは仕方なさそうにため息をついて、また微笑んだ。

それからオルコスの手を取る。指にはめられた加護の指輪を確認して、次は視線を首の辺りに寄越してくる。

「また新しい偽名を作ったんですね」

「あぁ。オレス？　適当に名乗ってみた」

「偽りの名前が多すぎる」

「本当の名前を大事にしてるだけだ」

首筋を触る指に、オルコスは己の手のひらを重ねた。

「俺はな、君に出逢《であ》うまで名前なんか失ってたんだ。俺に真の名を授けてくれたのはアダマスだろう」

アダマスが黙り込む。機嫌が魔法のように回復したのが分かる。

これもまた事実である。別にご機嫌取りで言っているわけではない。オルコスは、『オルコス』を大事にしているのだ。

「そういや、街の連中が話してたぞ。軍神様のお妃様は森の妖精か何かだって」

「あぁ、楽しそうでしたね」

アダマスの指が鎖骨に触れてきた。今度はネックレスを確認しているらしい。オルコスは少しだけ首を傾けて、首筋を彼に晒《さら》す。

「聞いてたのか？」

「少しだけ」

「君も飲み会に参加すれば良かったのに」

「オルコスを早く連れ帰りたかったからわざわざ薄汚れた爺の姿をしていたんです」

徘徊ジジイと呼んでいたあの連中。正体が例のアダマス軍神と知ったらどうなるだろう。卒倒するかな。死んでしまうかも。命は大事だ。秘密にしておこう。

オルコスも今は、隣の男との情交により魔法を使えるようになっている。身体の中にはアダマスから注がれた魔力が溢れている。

特に気に入っている魔法は変化の魔術である。こうして好き勝手出歩けるから。

転移の魔術を極めたらもっと行動範囲が広がる。ということを警戒して、アダマスはその魔法を教えてくれない。スティリーも教えてくれないし、八方塞《はっぽうふさ》がりだ。これがここ最近の悩みの種である。

だが大した種ではない。生長しても雑草程度の種なのである。毎日穏やかな生活が続いていて、幸せである。平和が一番。たまにアダマスはどこかへ消えるが、帰ってきてからは、ああしてオルコスを迎えにきてくれて、こうして二人で過ごせる。

ふとアダマスが杖《つえ》を取り出した。

「ん？　どうした？」

「贈り物です」

杖先をテーブルに向けたらば、たちまち現れるのは古い木箱だった。

「ほぉ……これは何だ？」

オルコスは箱を手に取って訊《たず》ねる。やけに冷たく、湿っている。しかし手が汚れるわけでもない。

不思議な気が満ちていた。アダマスは淡々と答えた。

「今回の遠征で、オペルノアの森の主から頂いたものです」

「森の妖精様《ようせいさま》か？」

「精霊の主です」

アダマスはこの一ヶ月、オペルノアの森へ派遣されていた。聞けば森の主との対話に時間がかかり、予定では数日程度の遠征だったのが、一ヶ月もの不在となったらしい。

「大変だったな。この箱が主殿からの差し入れか？」

アダマスは肯定か否定か判別し難い角度で首を上下させ、箱を持つオルコスの手の甲を撫《な》でた。

「昔、魔法使いが落としていったものだそうで。貴方が面白がるだろうと思って持ち帰ってきました」

オルコスの指輪を触っている。これは彼の癖だ。自分でオルコスにはめたこの指輪に触っている時間が、安寧のひとときであるらしい。

するとその手が離れて、次は黒髪を撫でてくる。

ようやく両手が自由になったオルコスは早速箱を開けてみた。

「へぇ……オルゴールだ」

中は機械仕掛けのオルゴールだった。おかしなことに音が流れないので、壊れているのかなと箱を持ち上げてみる。

「思い浮かべた曲を流してくれるそうですよ」

心に浮かべた疑問にアダマスが容易《たやす》く答えてくれる。それは魔法ではない。アダマスは魔法も小細工も使わずに、こちらの思考を読み取ってくることがある。

ほう、面白いな。思い浮かべた曲を流すのか……。オルコスはほんのりと口元に笑みを滲《にじ》ませて問いかける。

「変なオルゴールだな。魔法使いが落としたってことは、魔法がかけられているのか?」

「そうですね。古い魔法のようですけど」

「古い魔法でも、新しい曲や俺の世界の曲を流せるんだな」

「えぇ」

「君はもう試してみたのか?」

「いいえ。貴方が喜ぶと思って持ち帰ってきただけなので」

うん。愛おしい。オルコスはすっかり満足した。これが『恐ろしい軍神様』の見せる一面だ。

「面白い。早速聴いてみよう」

アダマスへの愛おしさを押し込めて、まずは何となく曲を心に浮かべてみる。

するとゆっくり、オルゴールが音を紡ぎ始めた。それはほぉっと吐息をついてしまうような綺麗《きれい》な音色だった。魔法のオルゴール……その音色はノスタルジーを感じるようで、真新しくも思える。

何よりも新鮮なのは、その曲をこの世界で己以外の声で聴けることだ。

暫《しばら》くゆったりと二人で聴いていたが、不意にアダマスが問いかけてくる。

「祖国の歌ですか？」

「あぁ。ほら、前に俺が聴かせてやらなかった曲だよ」

二年以上前、この世界に落ちてきたばかりの頃の話。

「虹《にじ》の向こうに広がる魔法の国の物語、の歌だ」

まだあの少女がいた……。作戦期間中だった。

あれは夜だ。オルコスが煙草をふかしながら本を読んでいると、アダマスがあれやこれや質問してきた。かったるく思いながらも会話をした。口遊んでいた曲にこの男がやけに食いついてきたのを思い出す。歌ってくれとねだられたが当時は断った。面倒臭いというより恥ずかしかったから。歌は得意でないのだ。それ以降、曲については話していない。

しかし今になってようやく聴かせることができたらしい。

妙な感慨を抱いてしまう。あの時はまさか、こうなるとは思わなかった。

「ああ。オズ、ですか」

二年前のことなのに覚えていたらしい。アダマスは続ける。

「オルコスは歌ってくれませんでしたね」

「歌は苦手なんだよ」

「そうなんでしょうね。楽しいものに目がない貴方が、独唱だけは選ばない」

「聴いてる方が好ましい」

「ならオルゴールをいただいてきて本当に良かった」

ふと脳裏を過ぎるのは海を染める花火だった。あの会話の後、突然アダマスが『安達』を海辺まで連れて行き、美しい魔法の花火を見せてくれたのだ。

二年前は自分もただの人間で、目の前に広がる圧倒的な魔法の光景に茫然《ぼうぜん》と見惚《みと》れていた。

しかし今、オルコスは魔法が使える。

あの夢みたいに綺麗な、懐かしい花火を、この手で再現することができるのだろうか。そんなことを懐かしい曲を聴きながら考えた。

「……これを聴きたかった」

オルコスはふと呟《つぶや》く。声は音楽に溶けていく。

オルゴールは曲を流し続けている。耳を傾けていると、心が柔らかくなっていく。

「素敵な曲ですね」

「だろう」

オルコスは唇を綻《ほころ》ばせた。アダマスが目を細めて見つめてくる。その視線の温かさが心地よい。オルコスは箱を撫でながら、呟いた。

「この曲は頭の中でたまに流れるんだ。気分が良い時とかに」

「なら今は気分が良いんですね」

「そうなんだろうな。ふと思い浮かんだのがこれだから」

自分以外の誰かがこの曲を正確に口遊むことはない。だから、オルゴールといえど、己の声以外から曲を聴けるだなんて思いもしなかったし、嬉《うれ》しい。

オルコスは明るく笑いかける。

「ありがとう、アダマス」

するとアダマスの赤い瞳《ひとみ》に滲む光がより一層強くなる。煌《きら》めいたのだ。

その変化を愛しく思いつつ、オルコスは素直な笑みからまた、悪戯っぽい笑顔へ変えた。

「普段は花だとか石ころばかりだけど、今回は気に入った」

「……お気に召したなら何よりです」

「召しました」

いつもアダマスは、遠征から帰ってくるたびに不思議な土産を持ち帰ってくる。枯れない花や、星の埋まる石など。珍しい何かを見つけてきて、オルコスへプレゼントしてくれるのだ。

今回はそれがオルゴールだった。

一度撫でて、蓋《ふた》を閉じる。音がすっと溶けるように止《や》んだ。

壊れないよう慎重にテーブルへ置く。それから背もたれに肘《ひじ》を引っ掛けて、アダマスへ向き直る。

「褒美をやろうかな」

手を伸ばし、アダマスの頬を摑《つか》む。頬の横に垂れた銀髪をかきあげてやって、その目尻《めじり》に唇を押し付ける。

「素敵な贈り物をくれたお礼を」

冗談っぽく言い放つが、アダマスは真剣な顔つきをしていた。

至近距離で瞳が混じり合う。すぐ唇の触れ合う近さだから、その赤い瞳に鋭い光が混じるのがよく分かる。

「……喜んでいただけたなら良いんですけれど」

「うん」

「目元へのキスだけじゃ褒美が足りない」

オルコスは声なく笑った。腰に巻き付いている腕の力が増す。身体がグッとアダマスに引き寄せられる。と、いきなり彼が言い出した。

「ちょっと痩《や》せてませんか？　この一ヶ月、きちんと食事はとっていました？」

「……うーん」

「また酒ばかりで雑に過ごしていませんでしたか？」

「なんだなんだ。説教の時間が始まるのか？」

「私はね」

一呼吸置いたアダマスは語気を強めた。

「離れている間の一ヶ月、貴方のことばかり考えていた」

頬を大きな手のひらで包まれる。親指で唇をいじられた。

「早くオルコスに会いたくてたまらなかったんです」

「……」

「一ヶ月ぶりですよ。その身体に触れないと気が済まない」

「ほぉー……」

呟くと、オルコスの吐息がその指に当たる。

瞬きをした次の瞬間には唇が重なっていた。

唇を親指でこじ開けられて、開いた隙間に舌が入ってきた。また頬を撫でられて、耳たぶをいじられる。口付けはみるみる深くなる。

「んん……っ」

吐息の漏れるオルコスと違って、アダマスは無言だった。角度を変えて幾度もキスを重ねてくる。舌を絡められて、熱が混じり合う。

貪《むさぼ》るようなキスはまるで、アダマスの方がこの唇だけの交歓に溺《おぼ》れているみたいだ。赤い瞳に欲情を孕《はら》んでいるのが分かる。

……欲しいんだな。

ご褒美を。

――ぐったりと横たわるオルコスの頬を撫でていた大きな手が、首筋、胸、臍《へそ》の下に触れて、また後孔へと近付いてくる。

散々突かれたそこは、ローション代わりの蜜《みつ》と精液で濡《ぬ》れている。オルコスは未だ整わない息を吐きながら、潤んだ瞳でアダマスを見上げた。

ぬかるんだナカへ彼の長い指が入ってくる。思わず目を瞑《つぶ》る。

指の腹が内壁を撫で始めた。身体を重ねてからどれほど経っただろう。一ヶ月分を取り戻すように、長い間剛直で愛撫《あいぶ》されて火照った内壁は、簡単に二本指を受け入れてしまう。

「うう……あっ、んっ」

「本当に柔らかいですね。蕩《とろ》けてますよ」

「……んっ」

この『ご褒美』はいつまで続くのか。

達してから然程時間の経っていない下腹部がアダマスの指をきゅうっと締め付ける。この男はオルコスの身体を知り尽くしている。

「うっ……！」

腹側のしこりに指先が触れた。びくっと太ももが震えてしまう。前立腺《ぜんりつせん》を指の腹で優しく摩《さす》られる。

二本指で挟まれて、たまに柔い力で押されると声が飛び出た。

「ああー……うっ、んぁっ！」

『気持ちいい』が氾濫《はんらん》して、口内に唾液《だえき》が滲む。もうずっと快楽の世界に沈んでいて、仰向けに転がされたオルコスはされるがままだった。

「ぁああー……ぅっ、んぁっ！」

「中、あたたかいよ」

「言うなって、……は、ぁ、……そういうこと」

執拗《しつよう》なまでの愛撫で、確かにナカは蕩けている。このままだと、後ろだけでイってしまいそうだ。

「あっ、あっ」と声が漏れるのを制御できない。

指が三本に増えて、熟れたナカをねっとりと撫《な》でられる。もう限界が近かった。

こいつ、まさか指だけでイかそうとしているんじゃないか。オルコスは無性に腹が立ち、そうはさせるかと、ナカを荒らす男の手首を掴む。

アダマスが目を丸くした。オルコスは彼を睨《にら》み上げる。

「挿れるなら挿れろ」

そっちだって、余裕ないくせに。既にアダマスの性器は膨張しており、今にも爆発しそうな凶器と化していた。軍神様はどこもかしこも立派だな。

赤い宝石の埋め込まれた目が細まった。

同時に、陰茎がアナルにあてがわれる。

「ぅ……んっ！」

「お言葉に甘えて」

グッと腰を押し込まれると先端がじゅぷ、と入り込んできた。

亀頭が後孔に埋まった状態で、アダマスが笑う。

「私を迎える貴方はやはり可愛らしい」

「……あッ、～～――ッ！」

次の瞬間、硬くて太い塊《かたまり》がぬかるみを搔《か》き分《わ》けて一気に腹の奥まで貫いた。

充分に蕩けたナカが限界まで押し広げられている。その質量は凄《すさ》まじく、頭の中に細やかな星が散った。

「……ぅ、は……っ、ア、……～～ッ」

腹にみっちりとおさまったペニスに内壁が絡みついている。圧倒的な質量が肚《はら》に押し入ってくるこの瞬間の感覚に、オルコスは未だに慣れない。

喉《のど》を仰け反らせて、びくびくと震える。形の崩れた声だけが漏れ出る。

「い、アダマス……アッ……」

「……貴方の中はいつも熱い」

「うごくなよ……デカすぎ、くそ」

「動きます」

「んぁあっ！　てめっ、イッ！　あぁ！　んぁッ！」

おとなしくしていたペニスがずるりと内壁を擦り始める。

ついさっきまで意地が悪いほど長く、指で愛撫してきたくせに、ストロークは容赦がなかった。オルコスはシーツを握りしめて必死に快楽の衝撃に耐える。

った。

「あぁあっ！　うっ、んぐっ！　はっあっあっ」

先端が最奥を叩《たた》きつけてくる。一突き一突きが重く、突き上げられるたび腹がびくんっと震え上がった。

剛直が腹のナカを這《は》いずり回る。腰を摑まれていて、律動からは逃れられない。

「あ、あぁ、んぁあ……ッ！」

「……はっ」

「んっ、ぅぐっ！　あっあっ！　アダマ……ッ」

熟《う》れたナカを硬い陰茎で掻き混ぜられる。熱くて重くて、頭が真っ白になりそう。竿《さお》全体で粘膜を擦られる。先端で奥をコツコツと突かれている。

オルコスは唇を震わせてその快感に溺れた。

「あッ、あっ、ぅあっ」

「は、……きついですね」

「ぅあッ、ンンッ、……～っ」

この二年間、何度も何度も身体を重ね続けたせいで、オルコスの身体はすっかり快感を拾いやすくなっていた。

アダマスのせいだ。彼だけのせいでこうなった。アダマスとの行為は、激しくても緩やかでも、気持ちいい。ずりゅっとナカを掻き回されて、オルコスは唇を開いて喘《あえ》いだ。もう声を我慢することはない。

「ぁあ〜……ッ！」

「オルコス……っ」

またキスが降ってくる。酸素を求める唇を塞《ふさ》がれて、口内までも犯されてしまう。

オルコスは舌を突き出して喘ぐが、その舌をもアダマスに咥《くわ》えられた。

「んんっ、ぅ、む……ぅ」

「はぁ、オルコス、愛おしい……ッ」

「ンンぅ……ふ、ああー……っ」

溺れているのはアダマスも同じだ。キスの合間にも、ふと漏れたように言葉を吐いて、その言葉たちはオルコスの中へ落ちていく。

腰を摑み直されて、更にアダマス側へ引き寄せられた。自然と逃げていたのをその男は許さないのだ。

降参したように力を抜く。もう逃げようとも思わない。

「ぐ……ッ、奥ッあたって、〜〜っ」

「あたたかい……っ」

「はっ、んっんっ、……っ！」

奥の壁を叩かれると、そのたび甘イキしてナカが締まる。アダマスを丸ごと締め付けて、その反り勃《た》った陰茎の形がくっきりとする。

甘イキして痙攣《けいれん》する肉壁を、硬度を保ったままのペニスがぐちゅぐちゅと掻き回す。腰はぐずぐずになってもう感覚はない。

ふやけきった肉壁を往復のたびに硬い先端が引っ掻いていく。オルコスは「あっ、あっ」と息を弾ませた。奥の気持ちいいところを亀頭でほじられると、呻《うめ》き声が溢《あふ》れ出た。

「ぅぅう～……っ、あっ、ぐっ、うぅッ」

するとアダマスは太ももを掴《つか》み大きく折り曲げてくる。

「あっ、あぁあっ!?　ひっ」

「オルコス」

「ひ、んあっ、あぁあ～～――ッ！」

上から押し込むような挿入で更にオルコスを追い詰めていく。本当に一ヶ月分の愛を注ぎ込もうとしているみたいだ。

「んんぅっ、あっ、はッ、うぅっ、んぁっ」

「は、はっ……」

「ま、はげしッ、アダっ……んんんぅ～～――ッ！」

「オルコス、オルコスっ」

「あっあっあっ、はぅッ、うぅっ、あっ！」

足を折り曲げられて、上からの突き刺すような深い挿入だった。アダマスの睾丸《こうがん》が尻《しり》に当たる。

快感が爆発してどうにかなってしまいそうだ。オルコスは指の先まで力をなくして、突き入れられるたびにビクッビクッと震えた。

「ぅああっ……！　はっ！　あっあっぅッ！」

獣の交尾みたいな行為は激しさを増し、オルコスは快楽でおかしくなりそうだった。

奥まで貫かれ、身体全部をアダマスに刺されているみたいだ。交接部は泡立って激しい淫音を立てている。

「ふっ、んんんッ、ふか、……～ッッ！」

もうダメだ。また達してしまう。それを口に出す余裕もないほどの強い刺激だ。

オルコスはカタカタと震える奥歯を噛《か》み締《し》めた。

そしてすぐにそれはやってくる。

「ンンッ、ぉああッ、はっ……～ッッ！」

腹がベコっと凹み、熟した粘膜がアダマスを強く締め付けた。

「……～ッ……ア……ッ」

オルコスは喉を晒《さら》して絶頂に達した。性器からは何も出ていない。またドライでイッてしまったらしい。

後ろで達すると余韻が長い。ナカは収縮してアダマスの性器を食むように揉《も》んでしまう。

「……は、ぁっ……」

「オルコス、達したんですね」

「……じっとしてろ、まだ……」

まだナカにアダマスがいる。

ピストンが止んでアダマスの性器はおとなしくなったけど、腹に埋め込まれた質量は変わらない。

蜜口は剛直を咥え込みしきりに収縮している。最奥と鬼頭が深い口付けをするみたいに密着している。

アダマスは、徐々に腰を進めてきた。

更なる奥を刺激してくる。

「おい、う、ごくなよ……」

「……ッ」

この状態で動かれたらマズイ。

マズイ、と思った時だった。

「……動くなと言われても」

アダマスが腰を摑んでくる。

「〜ッッ!?　あぁ……ッ！　テメぇ、〜〜……っ！」

ずぷんっと一気に奥まで貫かれた。オルコスは目を見開き、太ももが痙攣する。

悲鳴を上げる肚のナカをアダマスは容赦なく抉《えぐ》っていく。オルコスはピンッと胸を反らしてまたイッた。

「あ……っ、は……っ、あっ、あぁぁあっ」

律動が勢いよく再開する。オルコスの腰を両手で摑んだアダマスは、奥まで叩きつけるようにペニスを押し込んでくる。

「まだです」

「ダメっ、あっ……んぁ〜〜……っ」

「まだ、私が達していません」

「やっ、んぁっ！　おっあっ、ま、とまっ、あああっ……ッッ！」

「頑張ってください、オルコス」

アダマスが上半身を倒して額にキスを落としてくる。その分だけ挿入が深まり、オルコスは歯を食いしばった。

アダマスが背中に腕を回してきた。抱きしめられて、身体が彼に覆われる。

達したナカは弱かった。とろとろに蕩けてうねっている。アダマスは、ナカ全体を抉るように激しく抜き差ししてきた。

「んあっ！　あっあっ、も、だ、っ！」

「熱い……っ、オルコス、愛してます」

「おぁっ、ああっ、んん——……ッ！」

眩暈《めまい》がするほどの強烈なストロークが続いた。ギリギリまで抜いて一気に奥まで突き上げてくる。

もうだめだ。頭がぼうっとする。至るところを擦り上げて、奥の壁を叩きつけられて。

またイく。大きいのがくる。

まともな言葉すら出ないからアダマスに教えられない。アダマスもまた汗を流して苦しげだった。

彼の絶頂も近いのだ。

「あっ！　あっあっ、はッ、あーっ、あー……ッ」

「は、オルコス」

「う……っ、あーっ……あっ、あ……」

「もう、出る」

過ぎる快楽を与えられたオルコスは力なく揺さぶられるばかりだ。

けれど散々なヤられようなのに……アダマスがイクのなら、アダマスのためになりたい。

素直にそう思えた。

オルコスは彼の背中に腕を回し、力を振り絞って抱きしめ返す。アダマスが反応して顔を近づけてくれる。

唇の先を合わせて、二人の間で言葉を紡いだ。

「アダマス……ッ」

「……はい」

「俺の中に出してしまえよ」

アダマスが目を見開き、それから、たまらなそうに目を細めた。

身体を抱きしめてくる強さが増す。ぴったりと肌を合わせたまま、アダマスが奥までペニスを突き入れた。

「オルコス……っ、愛してる」

「あっ、はっ、ッッイ――～……ッ！」

先端が奥をぐりんっと突き上げてくる。その一層激しい挿入に、オルコスはまた達する。秘部がぎゅうっとアダマスを締め上げる。痙攣する腹の中でペニスが震える。遅れてアダマスも、奥で吐精したのだ。

腹のナカへ散らばった熱に、オルコスは吐息を吐いた。吐息すら奪われるように唇を重ねられる。まだ奥で繋《つな》がりながら、オルコスとアダマスは同じだけの力で互いを抱きしめた。

アダマスはどこもかしこも、愛しかった。

さすがはアダマスで、あれだけヤってもまだ体力があり余っている。

ベッドの上でへばるオルコスとは違って、アダマスはローブを羽織り颯爽《さっそう》と行動し始めた。フルーツを机の上に並べて、オルコスが「それ食べたい」と指示した果物を、魔法を使わずに自分の手で、一口サイズに切っていく。オルコスの身体を丁寧に拭《ふ》いて、口の中に果物を放り込んでくる。この事後の献身は、彼の趣味なのだと思う。

だからオルコスは彼の好きなようにさせて、自分は何もせずにぼうっとしている。与えられた果物を食べて、たまに降ってくるキスを受け入れて、だらけている。

アダマスが木箱を手に取って言った。

「オルゴールはどうします？」

「うーん……開いてくれ。何か流そう」

「そうですか。しまっておこうと思ったんですが」

しまう、とは？　どこへ？　オルコスは内心で首を傾げる。

するとそれをアダマスは読み取った。魔法も小細工もなく。

「私が渡したもの、あれこれ言いながらも全て大切に保管してくれているでしょう」

オルコスは目を見開く。

……どうして、それを。

アダマスにもらった花や石ころは、いつも彼に悟られないよう棚の中に保管している。誰にも見つからないように隠していた。大切にしているのを知られたくなかった。恥ずかしいから。

アダマスがニヤッと目を細める……それはまるでオルコスみたいな悪戯っぽい笑い方だった。

「花だとか石ころだとか雑に言いながら、丁寧に箱に入れて、大事にしてくれてますよね」

「な」

「オルコスの宝箱はもういっぱいだ。貴方の宝物だけを保管する部屋でも作りましょうか」

オルコスは唇を噛み締めた。アダマスがベッドに腰掛けて、愛おしそうに見つめてくる。

「そうでしょう？」

「……」

「……ふっ。はは！」

「……笑うな」

「本当に。貴方はどうしようもないほど、愛おしいですね」

銀髪の長髪が垂れてくる。アダマスが顔を近づけてきて、また唇が重なった。

二人で見つめ合う。オルコスはキスをしながら、次の言葉を探す。探すけど見つからない。赤い瞳《ひとみ》にはなぜか光が敷き詰められている。オルコスだけを見つめながら彼が微笑んでいる。

オルコスは「……笑うな」と声を絞り出した。

その時、空間がふわっと揺れた。

オルゴールがあの曲を奏で始めたのだ。

耳に蘇《よみがえ》るのはつい数刻前に自らの放った台詞だ。『この曲は頭の中でたまに流れるんだ。気分が良い時とかに』。

アダマスが目を丸くして、オルゴールへ視線を遣る。オルコスはすぐさま言った。

「オルゴールをしまってくれ」

「……ははははっ！」

音楽に笑い声が加わった。オルコスはもう躍起になって、枕へ顔を押し付ける。笑い声が近くなり、首元に彼の吐息が触れた。

「愛してますよ、オルコス」

「……っ」

うなじにキスを落とされる。音楽がみるみる鮮やかになる。その音色こそが、アダマスの言葉への返事だった。

あとがき

はじめまして。作者のSKYTRICK《スカイトリック》と申します。この度は『君と出逢《であ》うため落ちてきた』をお手に取ってくださりありがとうございます。

本作はウェブサイトで連載していた作品の一つです。オリジナル小説を書き始めて間もない頃に上げた作品で、今回書籍化のお話をいただき、久しぶりに新鮮な気持ちで読み返しました。執筆していた当時の記憶が蘇《よみがえ》りました。感想をもらえるのがとても新鮮で嬉《うれ》しくて、毎日楽しく書いていました。今も、同じです。応援してくださる読者の方のおかげで、張り切って、毎日楽しく書いています。私にとってとても大事な作品であるこの物語が、紙の本になって皆様に読んでもらえるなんて、感慨深いものを感じます。読んでくださった皆様が少しでも楽しんでいただけたなら幸せです。

末筆ではございますが、各位に御礼を。角川ルビー文庫様、お声がけくださった担当様、秋吉しま先生、本書の出版・販売に携わる全ての方々、ウェブサイトで本作をお読みくださり応援してくれている皆様、そして本作をお手に取ってくださった読者の皆様。

深く感謝申し上げます。本当にありがとうございます。今後も精進して参りますので、またお会いできますことを心より願っております。

SKYTRICK

/Ruby collection/

君《きみ》と出逢《であ》うため落《お》ちてきた

2024年7月1日　初版発行

著者　SKYTRICK

発行者　山下直久

発行　株式会社KADOKAWA
〒102-8177
東京都千代田区富士見2-13-3
電話：0570-002-301（ナビダイヤル）
https://www.kadokawa.co.jp/

印刷所　株式会社暁印刷

製本所　本間製本株式会社

デザインフォーマット　内川たくや（UCHIKAWADESIGN Inc.）

イラスト　秋吉しま

初出：本作品は「ムーンライトノベルズ」（https://mnlt.syosetu.com/）掲載の作品を加筆修正したものです。

●お問い合わせ
https://www.kadokawa.co.jp/（「商品お問い合わせ」へお進みください）
※内容によっては、お答えできない場合があります。
※サポートは日本国内のみとさせていただきます。
※Japanese text only

ISBN 978-4-04-115083-2　C0093　Printed in Japan